RAC
PER UN

Maria Musitano

POLAROID

La scatola dei ricordi

A Nereo ed Ernesto
alla vostra vitalità e fantasia
ai vostri insegnamenti
e ai vostri esempi di bambini
con il cuore grande di chi ancora
è aperto alla vita e alle sorprese
inaspettate.

Ad Alessandro,
alla sua presenza silente,
al suo saper aspettare
e al suo amore
che mi accompagna
in questa meravigliosa e bizzarra
esistenza.

Mi piacerebbe sotterrare qualcosa di prezioso
in ogni posto dove sono stato felice e poi,
una volta diventato vecchio brutto e povero,
potrei sempre tornare a estrarlo e ricordare.

Evelyn Waugh

DICONO DI POLAROID...

1.
Che cosa scoprirei della mia vita se mi scattassero un'istantanea adesso? Quale momento, quale stato d'animo immortalerebbe?
Sono queste le domande che mi sono posta leggendo il nuovo e affascinante romanzo di Maria Musitano.
Un romanzo dai racconti dolci e amari che ci fa fare un giro nelle vite di tanti personaggi diversi tra loro, ma che, come in un gioco del destino, si sfiorano e si incontrano per tutto il tempo della storia.
Leggerlo è stato come aprire l'album dei ricordi: non serve quindi inventare la macchina del tempo, perché esiste già! Ogni scatto ci riporta nell'istante passato rendendolo perciò presente.
La vita non è altro che un grande palcoscenico dell'incontro, dove ogni singolo attore è importante e un unico sentimento, il più nobile direi, fa da vero collante: *l'amicizia*.
A questo proposito mi piace ricordare la citazione di Albert

Camus: *non camminare dietro a me, potrei non condurti. Non camminarmi davanti, potrei non seguirti. Cammina soltanto accanto a me e sii mio amico.*

Sara Marucci

2.

Questo libro è nato, come tutte le cose migliori, per caso e ha una lunga storia che si è sviluppata in un tempo breve. C'erano una volta dei racconti, semplici *polaroid* di vita comune, frammenti di storie immortalati in una pagina. Volevano descrivere il disincanto, l'insoddisfazione, i sogni infranti, le aspettative deluse. Quasi una denuncia della frustrazione della nostra società. Queste fotografie fatte di parole non erano di certo state scattate dando il tempo ai protagonisti di mettersi in posa o di rifarsi il trucco.

Maria Musitano li ha dimenticati in un cassetto esattamente come noi ci dimentichiamo di rimettere in discussione la nostra esistenza quando ci accorgiamo di non essere felici, di non aver preso mai la direzione che volevamo davvero. Un po' come le diete che *magari la inizio lunedì* e quel lunedì è sempre il prossimo.

Un giorno però, per una serie di coincidenze, sono saltati fuori da quel cassetto proprio mentre eravamo al telefono parlando di cambiamenti.

Ho visto questi racconti riprendere vita, ho visto i personaggi uscire dalle pagine arrabbiati di come erano venuti male in quella fotografia e chiedere un riscatto.

Maria Musitano è riuscita a guardare a fondo dentro quegli scatti da lei descritti così bene, ha dato loro un'altra possibilità e, come spesso accade, una seconda possibilità ce la dà sempre qualcosa che ci fa più male del solito, qualcosa che riesce a rimetterci in discussione toccando delle corde molto profonde che quasi sempre partono dai sentimenti. Per assurdo, diventa finalmente il *lunedì giusto* solo quando iniziamo a stare davvero troppo stretti in tutto ciò di cui ci siamo accontentati.

Questo è *Polaroid*, uno squarcio nella *normalità* nella sua accezione peggiore per uscirne.

Così è nata questa raccolta per un romanzo. L'ho vista crescere e cambiare forma insieme all'autrice e leggendola potreste scoprire qualcosa della vostra vita che vi sta sfuggendo.

Karen Lojelo

PARTE PRIMA

*Non c'è nulla nel sentiero della vita
che non sappiamo già prima di imboccarlo.
Non si impara nulla di importante nella vita,
semplicemente si ricorda...*

Carlos Ruiz Zafón

1.

ERNESTO E I SEMI AGGIUSTA TUTTO

Ernesto ha molta fantasia, direi che ne ha da vendere. È divertente parlare con lui e sovente trovo il pretesto per farlo. Abita nella villetta accanto alla mia e con un lato del giardino siamo confinanti. A dividerci c'è la siepe di edera che copre per intero la rete tranne dove abbiamo lasciato un punto vuoto, a forma di cerchio, dal quale ci piace chiacchierare di tanto in tanto.

L'altro giorno il sole era talmente caldo da dare l'impressione che fossimo arrivati con un balzo alla primavera, anche se in realtà manca ancora più di un mese. Giovanna, la mamma di Ernesto, era abbarbicata sulla scala e stava potando la siepe che nel corso dell'ultimo anno aveva avviluppato un po' tutto, raggiungendo con i suoi tentacoli anche il salice all'angolo del giardino. Con esperte falciate la tagliava e rimondava dandole la forma iniziale.

Il buco delle nostre chiacchierate era stato ripristinato e mi affacciai per curiosare dall'altra parte. Il gatto giocava con un filo di edera appena tagliato facendo agguati improbabili mentre il cane si era già ritagliato uno spazio sul mucchio di foglie che la mamma di Ernesto aveva fatto all'angolo, vicino al barbecue.

Il piccolo invece sembrava intento a raccogliere i semi neri della pianta che inesorabili cadevano giù a ogni colpo di cesoia. Uno per uno li metteva in una sacchetta di tela bianca con una meticolosità che lasciava sbalorditi.

«Buongiorno Ernesto».

«Buongiorno Giacomo».

«Che fai?»

«Aiuto la mamma».

«Raccogli i semi?»

«Sì perché questi sono semi magici!»

«Magici?»

«Certo, li vedi? Sono speciali. Sono semi aggiusta tutto. Aggiustano la macchina di mamma, la mia bicicletta, il muro della cameretta che è pieno di scritte. Aggiustano pure il mal di schiena di mamma e il mal di denti di papà. Con loro tutto diventa nuovo. Così non dobbiamo più spendere soldi per ricomprare le cose che sono diventate vecchie né per comprare le medicine».

«Eh sì, allora sono proprio magici!»

«Sì, te l'ho detto! Domani quando viene nonna glieli do anche a lei così si aggiusta, torna giovane e può giocare tutto il giorno con me, correre e andare in bicicletta».

«Senti un po', puoi dare anche a me una manciata di questi semi che aggiustano tutto?»

«Sì, ma non li devi perdere. Ce l'hai una busta?»

«La devo andare a prendere in casa».

«Va bene, vai. Io ti aspetto qui. Poi quando torni, te ne do un pochino».

Quando tornai con la mia bustina bianca guardandomi disse serio:

«Questi semi sono speciali. Non li devi sprecare per aggiustare le arrabbiature, quelle non le aggiusta. Però tutto il resto sì. La casa, la macchina abbozzata, gli alberi senza rami al parco e lo scivolo di Martina. Le arrabbiature però no. Per quelle bisogna raccogliere il giallo dei fiori come le api. Per le arrabbiature serve lo zucchero dei fiori».

Mentre parlava aveva preso una sedia, si era arrampicato e aveva cominciato a passarmi uno per uno i semi attraverso il buco nella rete.

Rientrai in casa sorridendo fra me e me per la fantasia che, nei bambini come Ernesto, è senza limiti. Per un attimo pensai che sarebbe stato bello se i semi potessero davvero aggiustare tutto.

Senza pensarci li poggiai sopra il vecchio televisore che da circa due settimane mi aveva abbandonato e che solo per pigrizia non avevo ancora buttato.

Guardai la scatola silenziosa e poi i semi, dissi tra me e me che in fondo erano semi aggiusta tutto e, con la fiducia che può essere solo di un bambino, mi ritrovai a premere il pulsante di accensione per constatare con un sorriso che il televisore era di nuovo funzionante.

2.

PER CARLO SONO UN CATTIVO ESEMPIO

«Credo che tu sia un cattivo esempio per nostro figlio». Le parole di mio marito erano arrivate come uno schiaffo in pieno viso. Ricordo ancora di essere rimasta a bocca aperta, con la sigaretta sospesa a mezz'aria per un bel po' prima di rispondere.

«Ma di cosa stai parlando?»

«Dei tuoi innumerevoli vizi. Dovresti smettere o, quantomeno, limitarti. Tutto qui».

Aveva concluso la frase con un *tutto qui*.

«E quali sarebbero i miei innumerevoli vizi?»

«Fumare per esempio».

Senza pensarci avevo dato una boccata più lunga, tanto lunga che il filtro mi si era infuocato e l'avevo spento con rabbia nel posacenere.

«E da quando il mio fumare è un cattivo esempio?»

Lui aveva fatto spallucce e, senza nemmeno avere il coraggio di guardarmi negli occhi, aveva sentenziato:

«In realtà da sempre, ma adesso che Davide comincia a essere grande credo che dovresti evitare di fumare davanti a lui».

«Ah, perché lui è grande. Non è perché tu hai smesso?»

«Io non fumo più perché fa male!»

«Mi sembra che, da quando è nato, mi limito a farlo reclusa in questo balconcino, al freddo e al gelo in inverno e al caldo asfissiante in estate».

«Non vuoi vivere più a lungo?»

Per tutta risposta avevo aperto il pacchetto di Chesterfield e ne avevo tirata fuori una.

«Ma che fai te ne fumi un'altra?»

«Beh, lui è a scuola, stavo pensando di fare il pieno di nicotina, così quando torna a casa io potrò recitare la parte della mamma senza vizi. Ah, scusa, prima che mi ritrovi a essere un cattivo esempio per nostro figlio, quali altri vizi hai notato?»

«È da qualche giorno che ci penso su e credo che dovresti eliminare dalla tua e dalla nostra alimentazione fritti e bibite gassate, smettere di mangiare cioccolata a tutte le ore del giorno e della notte e ridurre gli aperitivi con le tue amiche un giorno sì e l'altro pure. Dovresti avere più cura di te e non mangiarti le unghie fino a farti uscire il sangue e magari porre attenzione al tuo lessico troppo colorito quando ti lasci andare o bevi un bicchiere di vino di troppo. Come pretendi che lui parli in italiano se tu te ne esci con certi *sfonnoni*?»

«*Sfonnoni* è italiano?»

«No, però ci sta bene, rende meglio l'idea».

«Vedo che negli ultimi giorni hai avuto di che pensare!»

«Ci sei rimasta male?»

«Oh no... ma che vai mai pensando! Mio marito dopo cinque anni di matrimonio e tre di fidanzamento mi dice che devo eliminare vizi, cambiare abitudini e possibilmente lessico. Il tutto in nome del futuro di nostro figlio. Carlo, mi hai appena detto che come madre faccio schifo, ma io non ci sono rimasta male. No di certo!»

L'avevo lasciato sul balcone, ero entrata in casa e aprendo il frigorifero avevo preso una lattina di birra ingollandola fino all'ultimo sorso; poi ero andata in camera da letto e, senza proferir parola, aprendo il suo armadio gli avevo preparato le valigie.

La casa e il figlio mi spettavano di diritto, nonostante le sigarette, le bibite gassate, i fritti e il lessico pieno di *sfonnoni*.

3.

A GIULIA NON ERA SIMPATICO

La storia andava avanti da dieci giorni e io non sapevo come fare. Le avevo provate tutte per salvarlo dal suo destino, finché Giulia, mia moglie, non mi diede l'ultimatum. Così avevo perso io, ma anche lui. Anzi lui più di me. Non avrei voluto, ma dopo dieci giorni durante i quali si prendeva gioco di me, ho ceduto alle richieste della mia consorte.

Secondo lei, avrei dovuto farlo molto prima e non si capacitava del mio titubare. Fu per questo che quando mi mise alle strette con un *Sandro se non lo fai tu, lo faccio io*, non potei esimermi.

Il problema consisteva nel fatto che, da quando era cominciata la caccia all'intruso, io mi ero affezionato a quel musetto bianco e grigio, con il naso rosa e i baffetti che si muovevano a ogni respiro. Dal nostro primo incontro era entrato nelle mie grazie. Mi era simpatico.

Per Giulia questo era incomprensibile, ma quando le dissi la mia idea di provare a prenderlo e accompagnarlo alla porta, aveva accettato anche se non la smetteva di scrollare la testa in segno di diniego.

Così iniziarono le poste. Avevo scoperto che era abitudinario e che ogni giorno percorreva sempre la stessa traiettoria lasciando come segno tante piccole palline nere come le liquirizie. Così avevo sistemato una gabbietta sul ripiano dove amava passeggiare e al suo interno avevo poggiato l'immancabile pezzetto di formaggio.

Preferiva muoversi di notte e io là a perderci il sonno, in attesa che lui si decidesse a uscire. Al quarto giorno, dopo due ore di appostamento, lo vidi entrare nella gabbietta ignaro delle mie intenzioni. Con un gesto fulmineo, più della sua agilità a sparire, gli chiusi lo *sportelletto* alle spalle. Lui si girò e mi fissò con gli occhi piccoli e curiosi. Ci guardammo a lungo.

Ce l'avevo fatta. Aprii la porta di casa e con il mio bottino uscii nel giardino, camminando nel buio rischiarato da una luna quasi piena. Uscii dal cancello e proseguii su per la strada bianca, fino ad arrivare a un terreno adibito a pascolo dove lo liberai. Prima di sparire nell'erba ebbi la netta sensazione che si girasse a salutarmi.

Il problema sembrava risolto fino a quando mia moglie, pochi giorni dopo, trovò nuovi escrementi sul ripiano della cucina.

La sentii urlare e non fu piacevole svegliarsi con le sue grida stridule che perforavano i miei timpani. Fu un risveglio pessimo e anche il preludio di una giornata da inserire in quelle nefaste del calendario Maya. Invece di porgermi il consueto caffè, nelle mani teneva una busta di veleno per topi.

La guardai. Il suo sguardo diceva tutto e la sua bocca serrata anche. Le girai le spalle, dirigendomi in bagno dove mi preparai per uscire. Il caffè era meglio prenderlo al bar.

Mentre mi apprestavo a chiudere il cancello, incontrai il vicino, Giacomo, che si accorse subito della mia espressione contrita di chi si era svegliato con la luna storta.

«Buongiorno Sandro, sbaglio o sei uscito di casa senza passare dalla cucina?»

Gli spiegai la situazione, lui scoppiò in una grassa risata e mi invitò a prendere il caffè da lui. Non espresse alcun giudizio sulla mia pazzia di volerlo prendere vivo, anzi, ebbi la sensazione che fosse accondiscendente e divertito dalle mie intenzioni.

La notte ricominciò la caccia al topolino. Uscì solo dopo un paio di notti. Ora, non posso averne la certezza, eppure, quando ci trovammo faccia a muso, ebbi la sensazione che fosse sempre lui.

Quella sera non riuscii a rispedirlo fuori di casa, alla gabbietta nemmeno si era avvicinato. Avevo avuto l'impressione che fosse uscito solo per salutarmi.

La colpa era di tutti quei cartoni animati che avevo visto durante la mia infanzia, dove il topo era il mio personaggio preferito, la colpa era di quel film in cui il protagonista aveva per amico un topo. La fantasia di un uomo, forse troppo romantico come me, ne aveva risentito e io avrei davvero voluto che diventasse mio amico.

Purtroppo la realtà non va di pari passo con la fantasia o i desideri, almeno non per noi adulti.

Giulia tornò a insistere che il topo doveva morire:

«Lui non si accontenta di rubacchiare formaggio e di portarlo nella sua tana, i topi procreano e anche in grandi quantità e poco tempo. In televisione non fanno vedere queste cose e nemmeno gli innumerevoli escrementi che lasciano. Senza parlare del fatto che hanno il maledetto vizio di mangiare tutto: dai fili elettrici delle prese, ai vestiti, ai divani, ai letti».

Con il suo discorso era riuscita a riportarmi con i piedi per terra così chiesi al negoziante qual era il modo più indolore per ucciderlo.

«Una botta in testa. Sempre se riesci ad acchiapparlo!» mi disse.

Io continuavo a tentennare, ma lei non demordeva con i suoi esempi. Aveva parlato del nostro problema di topi con amici e conoscenti:

«Se non ti sbrighi qua ci ritroviamo una colonia. Ieri ne parlavo con Aldo, il vicino, mi ha detto che lo scorso anno ha avuto un'infestazione anche lui. Ci ha messo due mesi per debellarli tutti dalla sua cantina. Non vorrai che colonizzino anche la nostra casa?»

Abdicai e scelsi la colla, ma gli feci lo stesso le poste perché non volevo che morisse lentamente. Quando lo sentii squittire in cerca di aiuto, ormai invischiato con le sue zampette sulla tavoletta posizionata strategicamente, mi avvicinai e, con tutta la forza che avevo, gli piazzai una scarpa sul suo piccolo cranio.

4.

EMMA E LE LANCETTE IMPAZZITE

1.
Emma esce di casa come ogni giorno. Come ogni giorno è in ritardo e come lei lo sono le persone con le quali interagisce: i figli, i suoi clienti, la madre e il padre, gli amici, la sorella; perfino il panettiere, che la settimana scorsa l'ha aspettata per dieci minuti dopo la chiusura perché lei ha ritardato nel ritirare pizzette, panini, tramezzini e torta per il compleanno del figlio.
Negli ultimi anni il ritardo è diventato la sua prerogativa. Una prerogativa che ha acquisito quando ha conosciuto suo marito e che la porta a rincorrere il tempo facendola sentire costantemente in colpa per ogni ritardo.
Non le riesce più di anticipare come una volta. Arrivare prima per vivere la tranquillità dopo. Le sembra di lottare incessantemente con le lancette di un orologio impazzito.
A nulla valgono i buoni propositi che si ripete come un mantra ogni sera prima di addormentarsi. A ogni risveglio la morsa del tempo la imprigiona.

2.

Le mancano i suoi spazi.

I suoi due giorni al mare, meglio se a fine inverno, quando la spiaggia è vuota; solo rottami e rami levigati dalle acque salate, qualche impronta e il silenzio interrotto dal vento.

I suoi weekend in campagna, soprattutto in primavera, durante i quali viene rapita dalle esplosioni di colore: il bianco dei mandorli, il rosa dei peschi e poi il rosso delle ciliegie, il verde e le sfumature di verde. Foglie giovani, rami nuovi, margherite, tarassachi, papaveri, iris, tulipani, narcisi e ranuncoli; asparagi che spuntano da dietro i cespugli e fra i rovi, sotto gli alberi di ulivo e dietro ai sassi. E poi la cicoria, la borraggine, l'erba cipollina, l'insalata e i broccoletti selvatici.

3.

Nella vita Emma ha bisogno di organizzarsi e farlo la fa sentire a posto. Contro ogni aspettativa questo le dà un senso di libertà.

Il lasciare le sue azioni in balia dello scorrere del tempo va bene per il marito, ma non per lei, e convivere vuol dire trovare un punto di incontro. Sente di aver ceduto o di essere stata contagiata o, sospetta, di essere sempre stata una ritardataria che non riesce ad ammetterlo.

Non sa darsi ancora una risposta.

Anche questa mattina esce di casa e sa già che suo figlio arriverà a scuola con i consueti cinque minuti di ritardo che sono la regola e non l'eccezione. Vorrebbe farsi scivolare addosso il tempo come lui, ma proprio non ce la fa.

Esce di casa trascinando il passeggino con una mano mentre con l'altra riprende il figlio più grande per il colletto del grembiule prima che scenda giù dalla rampa di scale *a rotta di collo*. Lascia il passeggino, apre la porta dell'ascensore e ci lancia dentro il grande ignorando le sue proteste. Entra anche lei con il passeggino e preme il pulsante. Il piccolo sorride mettendo in mostra i suoi quattro denti e protende le braccia verso la mamma che gli sorride a sua volta, ma senza slancio.

È troppo presa ad arginare anche oggi i ritardi a catena che si sommeranno nel corso della giornata, fino ad arrivare alla sera. Si chiede cosa ne sia stato del suo sorriso, del suo muoversi continuo, delle sue passeggiate in riva al mare a passo sostenuto per il gusto di andare sostenuti, non perché avesse necessità di correre. Le sembra di vivere in attesa, ma correndo. In attesa che torni la felicità provando a rincorrerla. Una contraddizione ancora più forte di quando si sentiva libera programmando le sue giornate.

Si guarda allo specchio e si sofferma sulle rughe che solcano gli angoli degli occhi, su quelle della fronte troppo spesso corrucciata; sui primi capelli bianchi che spuntano dalla radice e che l'avvertono che deve correre dalla parrucchiera per coprire il tempo che inesorabilmente passa.

L'ascensore è arrivato al piano, apre la porta e spinge fuori il passeggino mentre il figlio sgattaiola alla sua destra ed esce fuori dal portone. Incrocia Simona, la dirimpettaia, mentre entra con le buste della spesa. La saluta e si chiede come possa essere già andata al mercato.

Il sole l'acceca e per un momento non pensa al tempo, ma si sofferma qualche secondo in più, indugia persa nei suoi raggi. Sorride, decisa a lasciare il campo minato degli interrogativi che mettono tutta una vita in discussione e non solo la sua, ma anche quella del marito, dei figli e forse anche della tintoria dove porta le camicie a stirare. Ritardi permettendo. Esce dal raggio di azione del sole e di nuovo i dubbi si insinuano. Si chiede se una crisi esistenziale possa celarsi dietro delle lancette. No, non è colpa loro se vive in un equilibrio starato da tempo.

Con azioni meccaniche raggiunge la macchina, prende il piccolo e lo sistema sul seggiolino mentre intima al grande di salire su e di mettersi seduto bene, di lasciar perdere il fratello perché sono in ritardo. Ancora qualche minuto e la scuola chiuderà.

Riesce anche lei a sistemarsi sul sedile e ad avviare il motore mentre i pensieri si stazionano sulla frequenza dei ricordi. Quei ricordi di quando era felice, libera e spensierata. Di quando ha incontrato lui.

4.

Era giovane, la sua vitalità le faceva credere di avere il mondo e tutte le infinite possibilità che racchiudeva nelle sue mani. Quell'estate il caldo la portò a rifugiarsi al mare. La roulotte dei suoi era sempre lì, nel campeggio sul litorale pontino dove aveva passato la sua infanzia e adolescenza. Loro ci andavano sempre più di rado e lei intermezzava i loro vuoti con le sue presenze.

Le serate erano all'insegna di incontri, di partite a flipper o a biliardino, di cene in riva al mare, di chiacchiere seduti vicino al falò strimpellando con la chitarra *Beatles* e *Rolling Stones*, *Dire Straits* e *Bob Marley* per poi arrivare a *Baglioni*, *Venditti* e *Raf*.

Era al bar del campeggio a disputare la finale di biliardino che si protraeva da due settimane. Mancava solo una palla ed era in vantaggio sui suoi avversari.

Lui era lì, incantato dai suoi movimenti rapidi, dal sorriso che scopriva denti perfetti, dalle gambe toniche e muscolose che non riusciva a tenere ferme; dai capelli raccolti in una treccia alta e dal collo lungo, abbronzato, scoperto.

Aveva vinto, lui si era avvicinato cercando di attaccare bottone dando prova di alte conoscenze calcistiche. Emma gli

30

aveva sorriso e si era congedata dicendo che il calcio era l'ultimo dei suoi pensieri e aveva raggiunto il gruppo di amici seduti al bancone. Lui era rimasto da solo accanto al biliardino. Aveva continuato a osservarla da lontano per tutta la serata senza avere il coraggio di tentare un nuovo approccio.

Pochi giorni dopo si ritrovarono a una festa sulla spiaggia.

Non si ricordava più come si era trovata a passare gran parte della serata seduta sul suo asciugamano a parlare del buco dell'ozono e dell'effetto serra, dello scioglimento dei ghiacciai e delle inversioni dei poli, delle catastrofi naturali e degli assestamenti della Terra; delle guerre e delle utopie, della pace e del nuovo modo di chiamare le guerre mascherandole per missioni di pace; degli uomini e delle donne, delle differenze sostanziali che li rendono incompatibili e dell'attrazione che invece fa da calamita.

Si erano conosciuti così e quella sera si era sentita appagata. Le trasmetteva serenità e aveva continuato a farlo anche nei giorni successivi e poi ancora al telefono, quando oramai era finita la vacanza ed erano tornati alla vita di tutti i giorni.

Erano così felici che non si erano accorti di quanto fosse diverso il modo in cui impiegavano il loro tempo.

Lui era come una macchina diesel, come il furgone con il quale andava a lavorare tutti i giorni. Ci metteva un po' a salire con i giri e la mattina, prima di essere davvero sveglio e poter affrontare il mondo, aveva bisogno di almeno un'ora. Questo, sommato alla sua avversione per la sveglia e al rifiuto di tirarsi su dal letto, lo portava a vivere tutta la giornata in ritardo e a sorprendersi lui stesso quando si avvicinava a essere puntuale. Nella sua vita erano contemplati cambi di programma ed evoluzioni bizzarre degli eventi.

Emma invece la mattina carburava subito, le bastava bere il suo caffelatte per essere sveglia. Questo voleva dire per-

metterle di uscire di casa anche in venti minuti. Il tempo di passare dal bagno e vestirsi.
All'inizio l'amore li portava a ridere e a enfatizzare questi aspetti, poi, con la convivenza si erano ritrovati a scontrarcisi. Con l'arrivo dei figli questa differenza di vivere il tempo era diventata abissale: c'è tempo, poi, domani; adesso, ora, oggi.

5.
Guarda l'orologio sul cruscotto: ritardo come da tabella di marcia. Sospira mentre è ferma nel consueto traffico mattutino e si chiede per quanto tempo ancora potrà resistere a tutto questo stress che l'attanaglia.

6.
Lascia il bambino a scuola cercando di ignorare lo sguardo di rimprovero della bidella Giovanna mentre sventola le chiavi del cancello che stanno a indicare che anche oggi è in ritardo. Cerca di tamponare l'ostilità della donna abbozzando un timido sorriso che le si spegne sul nascere quando prende il bambino per mano tirandolo a sé, senza nemmeno darle il tempo di salutarlo con un bacio sulla guancia. Lui la guarda titubante e muove gli occhi ora su di lei ora su Giovanna. Emma lo invita a entrare e gli tira un bacio con la mano. Lui prova a replicare, ma il tempo stringe e i secondi a loro disposizione pure. Neanche fosse terminata l'ora d'aria e il figlio dovesse rientrare in cella.
Sconsolata lo lascia al suo destino e a passi veloci torna alla macchina dove il piccolo dorme ignaro, abbandonato sul seggiolino. Saluta Carlo, il papà che è stato lasciato dalla moglie dopo che si era permesso di chiederle di smettere di fumare. E ora, eccolo là intento a spegnere la sigaretta sul muretto di recinzione della scuola. Lo ringrazia per aver

buttato un occhio al figlio rimasto in macchina e sgattaiola dentro l'abitacolo lasciandosi cadere sul sedile esausta. Queste lancette la stanno mandando al manicomio. Dallo specchietto retrovisore si perde nel volto rilassato del figlio: le guance abbronzate, tonde e morbide; il nasino grande come un bottone e le piccole labbra distese in un sorriso. Le sembra ieri quando anche il grande era solo un infante e questo pensiero le fa stringere il cuore. La misura del tempo si è ristretta, l'attimo dura ancora meno e il momento è già passato. Almeno così le sembra. Senza avere il tempo di accorgersene, anche lui sarà cresciuto e i ricordi si dissolveranno lasciandone solo frammenti che in parte ricostruirà avvalendosi di fotografie e filmini.

Fa un lungo respiro, Carlo bussa al finestrino. Lei si gira con aria assente mentre le chiede se va tutto bene. Si domanda se la sua faccia sia tanto sbattuta o se per caso non sia un approccio da parte dell'uomo per attaccare bottone. Infastidita si appresta ad abbandonare il parcheggio della scuola.

Avrebbe voluto rimanere a folle per tutto il giorno e anche quello dopo e quello dopo ancora. Non può. Gira la chiave e mette in moto, abbassa il finestrino e rassicura l'uomo. Poi salutandolo con la mano esce dal parcheggio sterzando tutto a sinistra. Il cassonetto della spazzatura non le permette di fare un'inversione a *u*, così inserisce la retromarcia e indietreggia di circa un metro.

Il tonfo sordo le dice che la manovra non è andata come avrebbe voluto. Ha tamponato. Si gira verso il figlio che nonostante tutto continua a dormire mantenendo il sorriso sulle labbra. Rassicurata esce dall'abitacolo e si avvicina all'altra macchina soffermandosi sul punto in cui le due auto si toccano. Ha preso solo il paraurti, e sembra che non ci siano grossi danni. Guarda l'uomo che esce dall'utilitaria e non riesce a fare nulla di più che guardarlo.

Le parole non le escono; forse perché sono scappate avanti come le lancette dell'orologio. Dovrebbe dire qualcosa, ma proprio non sa cosa. Guarda le due automobili troppo vicine, cerca di capire come sia possibile tamponare in un parcheggio.

L'uomo è nero di rabbia e la guarda con disprezzo e, se potesse, la prenderebbe a schiaffi per avergli fatto perdere tempo. Anche lui forse insegue le sue lancette.

Lei invece le ha perse. Non sa cosa dovrebbe fare e l'uomo l'attacca verbalmente e la offende e le dà della scema chiedendole dove avesse la testa per non guardare dallo specchietto retrovisore che è stato inventato apposta.

Lei continua a guardarlo ed è sempre più sconcertata. Lo vede infilarsi nell'abitacolo e muoversi concitato per uscirne con il foglio del *cid*. Lo apre e lo poggia sul cofano della sua auto nera, pulita e lucente come fosse appena uscita dall'autosalone.

Emma gli si avvicina e finalmente proferisce una parola, poi due, fino a formare una frase.

«Lei crede ce ne sia bisogno?»

L'uomo si gira verso di lei e non importa se il tono della voce sia tranquillo o se la domanda sia ragionevolmente opportuna. Alza le braccia al cielo e guardandosi intorno indica le persone che ci sono e che hanno visto. Sono tutti testimoni, ride isterico e prende nuovamente a darle della scema e a chiederle chi mai avesse avuto il coraggio di darle la patente e che sarebbe stato il caso che facesse un nuovo corso alla scuola guida.

«Non le sto dicendo di avere ragione, ma solamente che le macchine non si sono fatte niente».

Le parole escono a fatica. Vorrebbe essere da tutt'altra parte, magari a passeggiare sulla spiaggia o nel bosco vicino casa dei suoi o semplicemente seduta a leggere un buon libro e a oziare dimenticandosi di tutto il resto.

Carlo si avvicina mentre l'uomo prende il telefono e dice che chiamerà i vigili. Le sembra esagerato, la situazione non è così drammatica, ma non lo dice, anzi lo asseconda: «Se la fa stare meglio chiamare i vigili, lo faccia. Tanto a questo punto è inutile provare ancora a rincorrere le lancette!» L'uomo la guarda con gli occhi di fuori nemmeno lo avesse preso a parolacce. Con fare minaccioso si avvicina e le sventola il cellulare davanti al viso urlando talmente forte che non capisce bene cosa stia dicendo. Si chiede se ci sia il rischio che lui possa diventare pericoloso per un imprevisto che davvero ancora non le sembra così grave. Fa un passo indietro, ma l'uomo ne fa due verso di lei. Non smette di gridare e della saliva prende a bagnargli le labbra e schizza un po' ovunque, compreso sul volto di Emma.

«La prego si calmi».

Dice piano, sperando che le urla non sveglino il bambino. Lui non ha voglia di calmarsi e gesticola e tira giù tutti i santi del paradiso e il suo volto va sempre più assomigliando a quello di un cane rabbioso.

Emma non riesce a gestire la situazione. Le sembra che qualsiasi cosa dica o non dica sia inappropriata. Vorrebbe chiedere aiuto, cerca con gli occhi quelli di Carlo che è lì accanto, ma lo vede inadeguato e l'uomo rabbioso le sta sempre più addosso con i suoi verbi coniugati bene, ma sputati violentemente su di lei.

Indietreggia ancora di qualche passo e cerca nella borsa il cellulare, forse i vigili sono quello che ci vuole con la loro autorità ed estraneità alla situazione. Le mani prendono a tremarle e la voce acuta dell'uomo le martella in testa. Il respiro le si fa corto. Prova a concentrarsi sul display del cellulare, ma non ci riesce e le mani tremano sempre più forte, scuotono anche le braccia e il telefonino le scivola via e cade a terra con un tonfo. Cerca di raggiungere la sua auto, ma le gambe non la reggono più, gli occhi smettono di vedere e cade, il volto rivolto verso l'asfalto, il corpo pervaso da spasmi.

L'uomo smette di urlare e gesticolare. Il parcheggio cade in un silenzio innaturale o forse è Emma che in un modo o nell'altro è riuscita a sottrarsi alle sue lancette.

5.

STEF

1.
Stef si rifugiava in bagno. Ogni volta che la madre iniziava a urlare con il fratello ci si chiudeva e apriva tutti i rubinetti: quello del lavandino, quello della doccia, quello del bidet, ma le urla erano talmente tanto forti che superavano il rumore dell'acqua.

Sconsolata si sedeva sul water con le gambe piegate e cominciava a dondolarsi cercando un po' di conforto in quel movimento mentre piangeva, piangeva fino allo sfinimento, fino a che fuori non smettevano di vomitarsi addosso la rabbia di una vita spesa male. Una vita triste per lei, per la sorella finché aveva vissuto con loro, per il fratello e per la madre.

«Bastardo. Maledetto il giorno che ti ho messo al mondo. Sei come quella merda di tuo padre!»

Quante volte le aveva sentito gridare quella frase? Un milione di volte. Era un copione che recitava da anni senza sortire nessun effetto.

«Ma come t'ho messo al mondo giuro che ti ci tolgo. T'ammazzo. Hai capito? T'ammazzo con le mie mani!»
E giù con pugni e schiaffi che al fratello gli facevano soltanto il solletico alto e grosso com'era. Lui non faceva che riderle in faccia per poi prendere la porta di casa e uscire sbattendola.
«Guarda che se esci da 'sta casa, tu non ci metti più piede».
«Guarda che se mi cacci mi fai un favore. Una casa meglio di questa ce l'ho già. Aspetto solo di compiere diciotto anni!»
«Non ci arrivi a diciott'anni, giuro che ti spacco la testa prima!»
«Sai che c'è? Sei malata. *Fatte curà*!»
Ogni volta che il fratello andava a trovare il padre era la stessa scena.

2.
Quando la donna aveva scoperto che Tiziano frequentava il padre aveva dato in escandescenza buttando a terra tutti i bicchieri e i piatti per poi proseguire con i soprammobili del salone.
«Mi hai pugnalata alle spalle. Non bastava tua sorella. Ti ci metti pure tu! Dopo tutti i sacrifici che ho fatto per voi. Mi ringraziate così? Siete marci come lui!»
«No mamma, sei tu la mela marcia».
A quelle parole le grida furono talmente esagerate che la signora del piano di sotto prese a bussare alla porta. Stef si era chiusa in bagno e invidiava la sorella maggiore che se ne era andata via da quella gabbia di matti.

3.
Ci pensava da un po', ma non aveva il coraggio di chiedere nulla al fratello. Intanto la sua curiosità cresceva, curiosità

verso quel padre che l'aveva abbandonata e aveva preso il largo con la prima *zoccoletta* che aveva trovato per strada. Questo almeno era quello che la madre ripeteva da dieci anni. Lei ci provava a ricordare, ma aveva solo immagini indotte dall'odio spropositato della madre. Per otto anni le aveva creduto. Poi Sara, la sorella maggiore, se ne era andata di casa e Stef aveva preso a dubitare dei racconti della madre. *Se Sara non vuole stare più con noi, ci sarà un motivo.* In casa non si parlava mai del padre e quelle volte che lei aveva provato a chiedere la risposta era sempre la stessa: «Quel bastardo faceva i suoi porci comodi ricordandosi di lavorare ogni morto di papa. Quando metteva a segno un buon colpo i soldi se li spendeva tutti a puttane e alcool con i suoi amici della piazza. E come se non bastasse, ha messo incinta la figlia della barista, quella troia che si erano già scopata tutti. Di voi tre non ne ha voluto sapere, ma di quella bastarda che stava per nascere invece come si è preoccupato. Nella vita l'unica cosa buona che ha fatto è stata quella di sparire!»
«Mamma, ma non è mai venuto a trovarci?»
Stef voleva trovare qualcosa di buono in lui, ma a sentir la madre di buono non c'era proprio nulla e in fondo era lei che li aveva cresciuti, che si era rimboccata le maniche per mandare avanti la baracca con le poche risorse a sua disposizione.

4.

Il giorno prima di andarsene di casa, Sara si lasciò andare a un ricordo.
«Papà ci portava sempre al parco giochi e a Tiziano gli aveva comprato una di quelle moto che corrono veloci e lui era davvero bravo a guidarla anche se era ancora uno *scric-*

cioletto. A te comprava sempre i lupini che ti piacevano tanto, a me invece lo zucchero filato. Poi tornavamo a casa con un palloncino per uno e ogni volta la mamma gli gridava contro e lo insultava».

«Ma allora papà era buono?»

«Non era un mostro».

«E allora perché non ha più voluto sapere niente di noi?»

«Non lo so. Io mi ricordo che una volta venne a trovarci, ma la mamma aprì appena la porta, tenendo la catenella attaccata. Gli disse che noi non lo volevamo vedere. Che avevamo paura di lui. Io scappai in camera nostra e mi affacciai alla finestra e lo vidi triste, con gli occhi lucidi mentre i tre palloncini che ci aveva portato lasciavano la sua mano e volavano alti nel cielo».

«E allora mamma ci ha mentito?»

«Sai, credo che mamma menta per prima a se stessa».

Il giorno dopo le diede un bacio e le mise in mano un bigliettino con il suo numero di telefono.

«Per qualsiasi cosa mi trovi qui, ma non dirlo alla mamma. Questo è il nostro segreto, va bene?»

Annuì e lo mise fra le pagine del diario.

Quando la madre aveva scoperto che la figlia maggiore aveva fatto le valigie, era andata su tutte le furie. Chiamò polizia, carabinieri, finanza, ma nessuno poteva fare nulla. La ragazza era maggiorenne. Da quel giorno in casa si respirava rabbia e vendetta e, se mai c'era stato un equilibrio, ora era sparito per sempre.

5.

Una domenica pomeriggio, dopo l'ennesima litigata fra Tiziano e la madre, Stef aveva deciso di seguire il fratello.

Sapeva che si sarebbe visto con il padre.

Lo stava aspettando all'incrocio, davanti al bar, in un'auto grigia, una vecchia BMW, ma non poi così malandata. Sui sedili dietro, una bambina saltava e si sbracciava alla vista di Tiziano mentre suo fratello aveva gli occhi che brillavano come non li aveva mai visti. Avrebbe voluto raggiungerli e saltare in macchina con loro, ma non ne ebbe il coraggio.

Li vide semplicemente andar via. Non tornò a casa e prese a camminare per le strade della borgata assolata. Raggiunse la cabina telefonica, mise duecento lire nella fessura sopra la cornetta e compose il numero.

«Pronto?»

«Sara?»

«Sì chi è?»

«Sono Stef».

«Che succede? Tutto bene?»

«Non lo so».

Sara la raggiunse poco dopo. La prese su e la fece sedere sul sedile della macchina. Mise in moto il catorcio e si allontanò. La portò a mangiare il gelato a piazza Vittorio. Arrivate davanti alla vetrina dove erano esposti i gusti le chiese:

«Doppia panna nocciola e pistacchio, vero?»

«Te lo ricordi?»

«Io ricordo tutto di te!»

«E allora perché mi hai lasciata sola con mamma? Perché non mi hai portata via con te?»

Sara le carezzava la testa e la stringeva forte al petto mentre gli occhi si inondarono di lacrime.

«Perché piangi?»

«Perché ti avrei tanto voluto portare via con me. Avrei voluto portarvi tutti via, ma non potevo. Fino a che non sarai maggiorenne dovrai vivere con mamma».

«Ma mamma è cattiva».

«No, non è cattiva».

«Sì che lo è. Tu te ne sei andata perché lei è cattiva».

Sara non replicò.

«Mangia il gelato che altrimenti ti si scioglie tutto».

«Sai, Tiziano e papà si vedono».

«Sì, lo so».

«E come fai a saperlo?»

«Perché anche io mi vedo con papà».

«Davvero?»

Sara annuì.

«Anche io voglio incontrarlo!»

Stef glielo chiese con occhi speranzosi.

«Prometti di non dire nulla a mamma?»

«Promesso. Hai visto che il tuo numero di telefono non gliel'ho dato? Io li so mantenere i segreti».

6.

Salirono di nuovo in macchina. Stef era emozionata, non riusciva a stare ferma e continuava a guardare la strada nella speranza di ricordarsela per un futuro.

Ci volle più di un'ora e mezza prima di raggiungere la casa del padre. Era piccola, con accanto un orto dove crescevano pomodori, zucchine, insalata e fagiolini. Un colpo di clacson e una figura di donna si affacciò alla porta finestra.

«Sara che sorpresa! Vengo subito».

Una giovane donna vestita con jeans e t-shirt bianca le raggiunse.

Doveva essere la *zoccoletta* di cui aveva sentito parlare, ma a Stef non dava affatto l'idea di essere una *donnaccia*. La trovava anche più bella di sua madre che aveva sempre il volto tirato e gli occhi cupi mentre i capelli inesorabilmente biondi erano ormai tanto stoppacciosi che a lei ricordavano quelli delle sue vecchie bambole.

«E tu chi sei?»

«Sono Stef».

«Benvenuta Stef, io sono Patrizia» le disse porgendole la mano.

«Oggi è un giorno di festa. La famiglia è al completo» poi, girando la testa verso l'orto, prese a gridare a gran voce: «Aldo! Aldo abbiamo visite. Corri!»

Da dietro casa spuntò Aldo, con i capelli brizzolati e il volto abbronzato che metteva in risalto gli occhi azzurri. Accanto a lui c'era Tiziano con in mano un cespo di insalata e due pomodori.

Stef rimase immobile sui primi gradini delle scale.

La giovane donna si avvicinò ad Aldo e gli sussurrò all'orecchio:

«È Stef».

Aldo, nonostante la grossa mole, con due atletici salti la raggiunse e l'abbracciò così forte che Stef credeva che l'avrebbe soffocata. Non si divincolò perché nella vita nessuno l'aveva mai abbracciata così forte e nessuno aveva pianto di gioia per la sua presenza.

«Che meraviglia averti qui. Non posso crederci. Oggi è il giorno più bello della mia vita!»

«Papà, mi vuoi bene?»

Stef lo disse tutto d'un fiato sprofondando il naso nel suo petto.

Aldo guardò la figlia e prese ad abbracciarla ancora di più e la sollevò in alto sopra la sua testa e prese a girare in tondo come faceva quando Stef era solo uno *scricciolo*.

«Sei tutta la mia vita!»

«Papà, ma allora perché ci hai lasciati?»

«Perché le cose con mamma non andavano tanto bene. Credevo che senza di me fra i piedi poteste essere più felici».

«Papà io non sono felice».

Il volto dell'uomo si corrucciò, avrebbe voluto dire qualcosa, ma non sapeva cosa. Nel frattempo dalla porta di casa uscì una bimba dalle guance rosse e gli occhi vispi che guardando il padre chiese:

«Papà ho un'altra sorella?»

«Sì, ti presento Stef!» disse con enfasi, poi volgendosi verso la figlia ritrovata continuò, «lei invece è Chiara».

La bimba le prese la mano e la invitò a entrare. Stef per la prima volta si sentiva a casa e nei suoi occhi tristi era possibile scorgere una nuova luce.

6.

VERONICA, DI CHE TI LAMENTI?

1.

L'ennesima voragine nella strada. Da quando sono uscita di casa sarà la quinta buca che mi ritrovo a schivare con il motorino.

Ha smesso di piovere da un paio d'ore e l'asfalto si sta asciugando. Meno male, perché le buche peggiori sono proprio quelle nascoste dall'acqua: pensi che sia solo una pozzanghera, in pochi secondi valuti se puoi passarci sopra senza alzare onde anomale, rallenti, ma comunque ci passi sopra perché le macchine alla tua destra e alla tua sinistra non ti permettono nessuna virata dell'ultimo momento.

L'ottimismo di poco prima *è solo un po' d'acqua* s'inabissa nel pessimismo *ahia, un'altra botta ai reni* e speriamo di non essermi giocata anche questa volta gli ammortizzatori, che la ruota sia ancora sana e che la prossima buca non mi ingoi con tutto il motorino.

Fra qualche settimana arriverà un camioncino con un po' di asfalto già pronto; un paio di omini lo butteranno sulla buca

45

ancora bagnata e alla prossima pioggia si riaprirà, ma almeno per qualche giorno la strada sarà rattoppata.

2.

Arrivo al call center. Pochi minuti per parcheggiare e salire frettolosamente le scale sperando di non incappare nei miei giornalieri due minuti di ritardo. Due stupidi minuti. «Cosa ci vuole ad arrivare due minuti prima?» mi apostrofa il mio supervisore.

Già, cosa ci vuole? *Un miracolo* vorrei rispondergli, ma l'ultima volta che mi sono permessa di esprimermi ha creduto che lo prendessi in giro e mi ha fatto una nota di richiamo.

Anche oggi il suo umore non è dei migliori e prosegue: «Se continuiamo così, non credo che il contratto le sarà rinnovato».

Nemmeno lo guardo, sono stanca delle sue minacce e in fondo mi ripeto che perdere questo lavoro potrebbe essere l'opportunità per cercare un riscatto dall'insignificante vita che sto conducendo. Chiaramente lui deve ricordarmi il mio ruolo di precaria: sottomessa, sottopagata, *sovra sfruttata*.

Otto ore dentro questo posto così accecante e asettico. Otto ore seduta davanti a uno schermo, cuffietta all'orecchio e la solita tiritera da ripetere come cantilena in ogni telefonata. *Il tuo interlocutore deve sentire che gli stai sorridendo.* Sentire qualcosa che dovrebbe vedere! Ci hanno fatto pure un corso di tre giorni per insegnarcelo. Sono diventata un'attrice e da sei mesi dico sempre le stesse frasi, le dico sorridendo e non mi arrabbio mai, nemmeno quando mi mandano a quel paese.

Poi ti capita di telefonare come oggi alla persona sbagliata nel momento sbagliato e ti senti dire:

«Senta signorina, oggi non è aria. Mio marito mi ha appena

46

vomitato addosso che sono una pessima madre. L'ho appena cacciato da casa e non ho la minima intenzione di cambiare gestore telefonico per risparmiare pochi euro».

3.
Se credessi in un Dio, potrei pregare tutte le sere e mettere nelle sue mani il mio destino. Ma non esiste, non può esistere. Se questa è vita, un Dio non esiste e se esistesse se n'è scappato via e ci ha lasciati a sguazzare nella melma.
Tipo rifugiato politico in chissà quale galassia. Hanno emesso un mandato di cattura intergalattico, ma lui, che comunque è onnisciente, si sa nascondere bene e vive sotto mentite spoglie.

4.
«Veronica di che ti lamenti?» dice mia madre.
Di nulla. Poteva andarmi peggio. Ho ventisei anni e vivo ancora con i miei. Con la mia laurea in lettere e storia mi ci posso... va beh, lasciamo perdere! Qua non serve.
Mi metto a far concorsi, ma li hanno congelati; provo come ricercatrice universitaria, ma ci sono stati i tagli e, anche se ci rientrassi, lo stipendio sarebbe più o meno lo stesso e sarei comunque precaria. Questa è l'epoca del precariato, il posto fisso è solo un ricordo lontano.
L'istruzione non serve. La cultura è elitaria. La ricerca è superflua. Essere intelligenti è un difetto.

5.
Di che mi lamento?
No, non c'è da lamentarsi. Poteva andarmi peggio. In fondo per vivere c'è tempo.

7.

ANNA, LE SUE MANI E LO ZIO VINICIO

Quell'anno non ce la passavamo molto bene. A dirla tutta, non abbiamo mai sguazzato nell'oro e i soldi sono sempre stati pochi o meno di quanto ci si aspettava per fare una vita poco più che dignitosa.

Se avessimo stretto un po' più la cinghia, per dirla come mio padre, magari... ma non ci riuscivamo.

In quel periodo lavoravo solo io. Dalla mattina alla sera, cinque giorni alla settimana. Quando andava bene e non ci si metteva la pioggia. Otto, dieci ore nei cantieri a tirar su muri mentre mia moglie Anna si occupava dei bambini, della casa, dell'orto.

Uno stipendio è poco, soprattutto quando cerchi di darti un contegno per non farti mancare l'essenziale. Soprattutto quando hai due figli, tre cani e cinque gatti di cui preoccuparti e a cui devi sommare il mutuo della casa.

Quell'inverno il più piccolo dei nostri figli era stato male. Molto male: bronchite, tosse e febbre. Il pediatra ci aveva detto che avremmo fatto bene a fargli fare un po' di mare e non era solo un consiglio spassionato:

«Se non volete passare un altro inverno a somministrargli antibiotici, due settimane di mare sono quello di cui necessita».

Per noi era impensabile anche una sola settimana. Perfino portarli al campeggio voleva dire spendere soldi che non avevamo.

Ne parlai con mia madre e lei mi consigliò di chiamare gli zii che vivevano in una cittadella di mare sull'Adriatico.

«Anzi, sai che faccio?» mi disse tutta impettita, «li chiamo io e sento se per caso hanno la possibilità di ospitarvi. I figli ormai vivono per conto loro e la casa è vuota. Vedrai Pino, almeno una settimana ci scappa».

«Il pediatra ha detto due».

«Beh, meglio una che niente».

Disse con aria di rimprovero.

Anna non era poi tanto entusiasta di andare dai miei zii. Se li ricordava vagamente dal giorno del matrimonio e non aveva avuto una buona impressione. Diciamo anche che della mia famiglia *non poteva vedere nessuno*. Li trovava tutti o troppo provinciali o troppo pieni di sé. Non potevo darle torto, ma erano pur sempre miei parenti e i suoi commenti poco gradevoli mi ferivano.

Credo che la rabbia riversata verso di loro fosse quella che avrebbe voluto scaraventare addosso a me, ma non ne aveva il coraggio. Come se in qualche modo io l'avessi raggirata e portata a vivere una vita che, fra uno stento e l'altro, stava scorrendo via veloce.

Gli zii, difatti, furono ben lieti di ospitarci e così i primi di luglio partimmo con la macchina carica di ogni ben di Dio che l'orto di mia moglie aveva portato a maturazione. Era orgogliosa dei peperoni, delle melanzane, dei pomodori, dei cetrioli, dei peperoncini, dell'insalata, delle patate e delle zucchine. Forse più di quanto lo fosse mai stata di me. Eppure diceva di amarmi e io le rispondevo sempre che anch'io l'amavo.

Ci sistemammo nella stanza al piano di sopra. Era grande e spaziosa, anche se rimaneva pur sempre un sottotetto e, quando mi alzavo dal letto, dovevo stare attento a non sbattere la testa. I bambini erano sistemati su un materasso a una piazza e mezza, nell'angolo opposto, fra la scrivania e l'armadio. Una lampadina a basso consumo penzolava dal soffitto, proprio al centro e, quando si teneva la finestra aperta, il vento la faceva dondolare.

Gli zii ci avevano accolto con tutti gli onori e non la smettevano di ringraziarci per tutte le verdure, il vino, l'olio, le conserve e le marmellate che avevamo tirato fuori dal portabagagli.

«Non dovevate disturbarvi, avevate paura che non vi facessimo mangiare?» disse la zia.

Sorrisi, indicai mia moglie e con orgoglio dissi:

«Tutte queste cose le produce Anna, è lei che si occupa della campagna».

La zia scrutò bene il volto di mia moglie, poi le prese le mani e iniziò ad assentire.

«Già, avrei dovuto capirlo dalle mani. Le mani dicono tante cose».

Anna le ritirò con uno scatto e scusandosi raggiunse i bambini che giocavano fuori in giardino.

«Non si sarà mica offesa?»

«Certo non aveva l'aria di un complimento…»

Le risposi impacciato.

«Ma che dici? Certo che lo era!»

Lo zio Vinicio guardava la moglie spostando la testa ora a destra ora a sinistra contrariato. Stava per dirle qualcosa, ma poi lasciò perdere. Prese dal frigo una bottiglia di vino bianco, passò alla credenza e ne tirò fuori tre bicchieri. Mise il tutto su un vassoio e mi fece cenno di seguirlo fuori.

«Pino mi spiace per tua moglie. Vedi, la zia non è cattiva, ma non sa dosare le parole. Spero solo che Anna non ci sia rimasta troppo male».

«Le passerà» risposi io.

Arrivati al tavolo sotto il portico, sistemò il vassoio e versò il vino nei bicchieri. Era leggermente torbido rispetto a quello che producevamo noi in casa, forse più corposo, già a vederlo. Prese il primo bicchiere e si avvicinò ad Anna: «Tieni, è il momento giusto per un brindisi!»

Poi tornò al tavolo e prese i restanti bicchieri. Uno per me e uno per lui.

«A voi due e alle possibilità che la vita vi offrirà, a me che ne ho avute tante e ai vostri meravigliosi bambini. A questa vacanza a far compagnia a due vecchietti rincitrulliti come me e la zia!»

Parlava senza smettere di fissarla negli occhi mentre lei ne sosteneva lo sguardo e forse i suoi occhi si erano anche leggermente inumiditi. Tenemmo i bicchieri in alto e brindammo all'unisono. Lo zio Vinicio bevve per primo, mandandolo giù tutto d'un fiato, io e mia moglie lo sorseggiammo per evitare di *incocciarci*.

I bambini si rincorrevano attorno al tavolo mentre lo zio preparava un secondo giro di vino bianco e intanto ci raccontava aneddoti del suo passato, di quando era giovane e incosciente, di quando la vita era più facile pur non avendo nulla.

La voce, al terzo bicchiere, gli si era cominciata a impastare e non riuscivo più a capire tutto quello che diceva.

Il volto di Anna si era rilassato ed era tornata a sorridere e io, per la prima volta dopo tanti mesi, riuscivo a godermi la vita.

8.

FRANCESCO E LA FOSSETTA DI PAOLA

1.
«Mi sono rotta le palle».
Francesco smise di arrotolare il tabacco e guardò la moglie.
«Come scusa?»
«Mi sono rotta le palle. Non ce la faccio più!»
Ripeté lei con tono ancora più esasperato.
Il marito tornò ad abbassare lo sguardo sulla sigaretta. La testa era china sotto il peso di quelle affermazioni che, sapeva, aleggiavano nell'aria ormai da diversi mesi.
«Lo so».
Disse solo questo mentre incollava la cartina.
Prese poi l'accendino sul tavolo, si alzò dalla sedia e uscì in giardino a fumare. Gli rimaneva solo quello. Fumare. Fumare e bere.
Sapeva che Paola non gradiva né l'una né l'altra cosa eppure lui non riusciva a smettere. In un programma televisivo uno psicologo aveva spiegato che la colpa è di questa società dove le persone hanno perso le speranze.

2.

Quando si erano conosciuti anche Paola amava bere e passavano pomeriggi e serate a chiacchierare sorseggiando birra, aperitivi e vino a volontà. Poi in tarda serata passavano a rhum o tequila o tutt'e due. Paola fumava, ma solo marijuana e Francesco la trovava meravigliosa quando si preparava le sue sigarette *modificate*.

A quei tempi era sempre sorridente ed era stato il suo sorriso che lo aveva fatto innamorare. Le labbra si aprivano e scoprivano dei denti bianchi e perfetti. Gli occhi verdi s'illuminavano e una fossetta si andava formando sulla guancia sinistra. Solo sulla sinistra.

Era estate e il fine settimana si incontravano al lago per rifuggire dal caldo asfissiante della città. Paola passava gran parte del tempo in acqua. Ora sul pedalò, ora sul materassino, ora a giocare a pallavolo, a frisbee, a racchettoni. Non stava mai ferma e c'era sempre qualcuno accanto a lei.

Lui, invece, rimaneva sdraiato sull'asciugamano. Beveva birra, fumava e a volte leggeva un libro o si perdeva a osservarla. Paola sapeva divertirsi. Era bella e solare. Non bellissima eppure conquistava le persone. Avrebbe potuto avere tutto quello che desiderava.

«Sei tu quello che voglio».

Gli disse una sera che si erano fermati a dormire lì. Avrebbe potuto avere il meglio, ma aveva scelto lui. L'aveva abbracciata senza dire nulla e quella notte dormirono così, vicini l'uno all'altra respirando l'odore l'uno dell'altra.

3.

La sigaretta era finita, ma Francesco non aveva voglia di rientrare in casa. Non se la sentiva di affrontare la moglie.
Paola era rimasta per un po' seduta sulla poltrona. Si guardava le mani rovinate dall'acqua e dal freddo. Gli occhi

erano spenti da tempo e anche il sorriso e la fossetta sulla guancia sinistra non c'erano più.

Non avrebbe voluto dirgli quelle parole. Forse era stata troppo diretta. La diplomazia non era mai stata il suo forte. Si giustificò dicendosi che aveva preso dalla madre. Le parole erano frecce avvelenate di risentimento per le aspettative mancate, per il tempo che era volato via, per la magia che in breve aveva lasciato il posto a questa stramaledetta realtà. Quello che c'era stato non c'era più o, se c'era ancora da qualche parte, lei non sapeva bene dove poterlo trovare. Forse, nemmeno lo voleva più cercare quel bene che li aveva uniti.

Ogni volta che Francesco si preparava una sigaretta, un senso di disgusto le saliva alla bocca. Altro che amore, non aveva più voglia di lui. Odiava l'odore acre di tabacco che aleggiava intorno a lui e che lasciava la sua barba ispida e puzzolente per il resto della giornata. Odiava il suo bere tutto quello che gli capitava a tiro senza distinguerne oramai nemmeno il sapore.

Non lo toccava da mesi e lui aveva smesso di chiederglielo.

Per un po' aveva continuato a cercarla, la sera prima di addormentarsi, ma lei si era ritirata sempre più dalla sua parte del letto facendo finta di dormire e lui alla fine aveva smesso.

Lei si giustificava dando la colpa ai figli che succhiavano tutte le energie e la facevano arrivare alla sera stanca ed esasperata.

Lui cercava di comprenderla e si diceva che in fondo lavorare e occuparsi della famiglia non doveva essere facile. In cuor suo l'ammirava molto per le energie che usava e si diceva che il sesso sarebbe tornato, il tempo di assestarsi e trovare un nuovo equilibrio, in fondo era nato da poco il secondo figlio.

4.

Poi, per non essere l'eccezione alla legge di Murphy, Francesco si era ritrovato da un giorno all'altro senza lavoro.

«La ditta ha chiuso».

«Credevo andassi in ferie la settimana prossima».

«Infatti, non sono in ferie. Da oggi sono disoccupato».

Paola alzò lo sguardo dal vasetto di yogurt che stava dando al più piccolo. Sperava di vedergli un sorriso che negasse quanto aveva appena sentito. Invece Francesco era serio.

Provò ad abbozzare un sorriso, cercando di trovare qualcosa di positivo in una situazione che sapeva avrebbe potuto portare al collasso della coppia:

«La cosa buona è che ho diritto alla disoccupazione. Non è tanto, ma non rimarremo di punto in bianco senza il mio stipendio e sono sicuro che troverò qualche lavoro da fare in nero per arrotondare».

Disse solo questo. Si andò a sdraiare sul divano, accese la televisione e si perse in un talk show in cui una presentatrice succinta parlava dell'ultimo talent show musicale.

5.

Se le cose fra lui e Paola avevano cominciato a non andare prima, da quel momento avevano preso a rotolare verso l'abisso dell'irrisolvibile.

Nonostante lei si ammazzasse di lavoro a pulire scale, appartamenti e negozi, i soldi cominciarono a scarseggiare più del solito. Perché di soldi loro non ne avevano mai avuti in abbondanza, ma certo non era mai mancato il pane di bocca. Erano sempre un pochino di meno, nel senso che non potevano permettersi una vacanza al mare o in montagna come tutti gli altri, ma per il resto c'erano.

Il sussidio di disoccupazione si era ridotto a una cifra irrisoria e lui aveva arrotondato con niente di più che un paio di giornate al mese. Così i soldi si erano andati prosciugando.

6.

Paola si trovava a fare i salti mortali per riuscire a mettere insieme pranzi e cene il più economici possibili. Poi c'era la mensa scolastica dei figli, i pannolini del piccolo e le medicine quando si ammalavano. La vita era piena d'imprevisti e lei era diventata molto brava a mentire per nascondere la loro condizione agli occhi di amici e conoscenti. Perché era cresciuta sentendosi dire che *i panni sporchi si dovevano lavare in casa*.

Aveva giurato a se stessa che non sarebbe finita nel vortice della povertà come i suoi genitori e alla fine era andata anche peggio.

Credeva che l'amore potesse vincere su tutto, ma si era accorta che non era così quando si avevano due figli piccoli e i soldi scarseggiavano arrivati al quindici del mese.

7.

La sigaretta era finita da un pezzo e lui non aveva motivo di rimanersene in giardino a morire di freddo. Cercò di tirare su le spalle che gli ultimi avvenimenti avevano fatto curvare più del dovuto. Cercò anche un sorriso che potesse rilanciare la sua figura, ma non ne trovò nessuno convincente.

Entrò. Trovò Paola di schiena alla finestra, intenta a lavare le stoviglie sporche del pranzo. Le si avvicinò come non aveva più fatto negli ultimi mesi, cingendole la vita e abbracciandola stretta. Il volto di sua moglie era rigato di lacrime che calde cadevano sulle sue braccia.

«Ce l'ho messa tutta, ma ora non ce la faccio più».

«Lo so. Eppure sapessi quanto vorrei vederti felice».

56

«Non ti credo. Sono mesi che vivi fra il divano, la televisione e il bar nella piazza del paese».

«Possiamo ancora farcela».

«Posso farcela da sola».

Lo disse e mentre lo diceva le si stringeva il cuore, ma non si fermò e continuò:

«Da sola, ma non con te. Non con te come sei ora. Dicevi che potevo avere tutto e, invece, non ho più niente».

Francesco avrebbe voluto scappare lontano con una sigaretta in una mano e un bicchiere di qualsiasi cosa nell'altra. Però non lo fece. Continuò ad abbracciarla stretta e a piangere insieme a lei fino a che gli occhi non avevano più acqua da buttare.

«Smetto di fumare e di bere. Domani mattina presto mi piazzo davanti allo *smorzo,* quello sulla via principale che porta a Roma. Qualcuno mi caricherà su e rientrerò con una giornata di lavoro pagata in contanti. Non sarà un granché, ma meglio di niente sarà!» le disse mentre si guardavano negli occhi e nel dirlo abbozzò un sorriso.

Paola si chiese se sarebbe riuscito a farlo. Aveva voglia di credergli. Le tornò un po' di speranza e si ritrovò ad accarezzargli il volto stanco. La barba non puzzava più come si ricordava, un sorriso le fece tornare un po' di luce sul volto provato e Francesco si perse nella sua fossetta, quella sulla guancia sinistra.

9.

EVA, ETTORE E L'OSPITE INDESIDERATA

1.
Eva è sdraiata nel grande letto a baldacchino. La testa è poggiata sul petto di Ettore mentre si perde ad ascoltarne i battiti del cuore. È abbandonata all'amore. A ogni respiro manda giù boccate del suo odore quasi a volerlo imprimere nei ricordi per riesumarlo nei momenti in cui non sarà accanto a lui. Negli ultimi giorni, le sembra di sentirlo lontano, perso in pensieri cui non ha ancora accesso. Si convince siano solo paure quando Ettore prende a parlare tutto d'un fiato:

«Dopodomani verrà a trovarci Beatrice».

Eva ha un sussulto. Deglutisce e risponde piccata:

«A trovare te!»

Mentre lo dice il respiro le si blocca.

«No, a trovare tutti: me, Valerio e te. Ci tiene a conoscerti».

La stanza prende a girare, sente le lacrime salire agli occhi e cerca di ricacciarle indietro con uno sforzo sovrumano. Nella stanza è calato un silenzio innaturale, diverso da quello di poco prima. Si tira su, cerca lo sguardo sfuggente di Ettore e lo osserva contrariata.

«Da quanto lo sai?»

La voce esce dalla bocca distaccata, fredda, tanto da non riconoscerla. Lui si guarda intorno come a cercare una risposta o forse una scusa, quasi che l'armadio di castagno possa suggerirgliene una. Abbassa lo sguardo e prende a lisciare la coperta con il palmo della mano. Poi, quasi sussurrandolo risponde:

«Cambierebbe qualcosa se ti dicessi che lo so da una settimana?»

La donna ha una fitta al petto, prova rabbia e i pensieri corrono veloci verso conclusioni affrettate. Il sangue le batte forte nelle tempie, il viso le s'infiamma mentre le mani prendono a sudare. Respira lentamente per riportare i battiti alla normalità, ma inutilmente.

Rimane lì a fissarlo, non le riesce di distogliere lo sguardo: è nervoso, lo percepisce dai suoi movimenti, leggermente più veloci del solito, ma che lo portano comunque a impiegarci il doppio del tempo in ogni sua azione. È convinta lo faccia apposta, per mantenere impegnato il corpo e distogliere il pensiero dalla discussione in corso.

Tutto questo la infastidisce:

«Certo che mi cambia. Eccome se mi cambia!»

Le parole si colorano di frustrazione.

Lui fa spallucce e inizia a rollarsi una sigaretta con minuziosità.

Eva senza prendere fiato, esausta dal modo in cui sta portando avanti la conversazione, continua:

«Bene sì, mi cambia. Mi chiedo perché ci hai messo tanto a informarmi che la tua ex sta venendo qui. Viene a trovarci dici? Fammi il piacere, certo non viene per me. Ti sei chiesto, poi, se io abbia voglia di conoscerla? Perché a questo punto ti sei dimenticato di prendere in considerazione il mio punto di vista!»

Ettore le risponde distrattamente, senza guardarla:

«Non capisco la tua ostilità nei suoi confronti. È stata una persona importante nella mia vita e, se tu mi ami come dici, dovresti rispettare il mio desiderio di rivederla e di presentarti a lei, ora che sei tu la donna che riempie la mia esistenza».

«Non rigirarti la frittata. Se sono importante come dici, avresti dovuto parlarne con me prima di accordarti con lei! Invece lo sai da una settimana e non mi hai detto nulla. Credevo che il nostro rapporto fosse basato sul dialogo e la sincerità, ma evidentemente non li intendiamo allo stesso modo».

La rabbia esplode con le parole, ormai fatica a rimanere seduta, prende a stringere la coperta mentre sente gli occhi uscirle dalle orbite.

Ettore sembra non accorgersene o se ne accorge e fa finta di niente. Alza lo sguardo al soffitto della camera, ed esclama con aria innocente:

«Ma io non ti ho mentito, mi è solo passato di mente. Abbiamo lavorato così tanto in questa settimana che non ho trovato un momento per parlartene».

Ha le braccia a mezz'aria, in segno di resa.

Eva vorrebbe saltargli addosso, prenderlo a pugni e schiaffi. Sente una necessità impellente di fargli male. Si alza di scatto dal letto e inizia a camminare su e giù per la stanza.

«Valerio, ovviamente, lo sa già!»

«Sì, perché poco dopo la telefonata mi ha chiesto con chi avessi parlato. Tu non mi hai chiesto nulla».

«Ettore? Mi hai preso per una cretina? Io non ti ho mai chiesto nulla delle chiamate che ricevi! Se vuoi, me ne parli tu. Vedi, cerco di essere discreta, anche se posso capire dal timbro della tua voce se sei al telefono con un uomo, una donna, un cliente, un parente, un fornitore, un amico o chicchessia. Quello che mi risulta evidente è che tu lo sai da una settimana, Valerio anche e a te non è venuto in mente di dirmelo. Non hai avuto tempo! Vuoi farmi credere che in questi giorni non hai mai pensato a lei e al fatto che sarebbe passata da queste parti? Non ho il diritto di saperle con un certo anticipo certe cose? Viviamo insieme e tu che fai? Mi ometti che la tua ex, quella con cui sei stato... quanto? Dieci anni? Oh, guarda un po', passa proprio da queste parti!»

Si alza anche lui dal letto. È riuscito a chiudere la sigaretta e la poggia nel posacenere sul comodino. Si avvicina lentamente e con delicatezza le blocca le braccia. La guarda negli occhi cercando di trasmetterle una calma e una naturalezza che in realtà sente di non avere.

«Eva, ascolta, fra me e Bea è finita da un pezzo. Quando gli ho detto che ero qui alla tenuta, a meno di un'ora da casa sua, ha creduto potesse essere una buona occasione per rivedere sia me che Valerio. Inoltre è curiosa di incontrarti. Io trovo che sia un gesto carino da parte sua».

Eva si irrigidisce.

«Per quanto tempo si ferma?»

«Al massimo due giorni, le ho detto che siamo qui per potare le conifere del giardino. Si ferma il tempo di un saluto. Sono sicuro che una volta che la conoscerai tutti i tuoi timori spariranno».

«Non credo».

«Eva!»

«Io non ho rapporti con i miei ex. Non li voglio e non capisco come si possa rimanere amici con persone con le quali si è deciso di chiudere una relazione. Questo vuol dire che non voglio averne nemmeno con le tue. Il passato deve rimanere tale!»

Lo dice urlando, Ettore accusa il colpo, annuisce e torna a riprendersi la sua sigaretta.

2.

Eva ha bisogno di prendere una boccata di aria fresca. Gli volta le spalle ed esce fuori. L'aria della sera è ancora pungente, si chiude il giacchetto fino a su e si siede sul dondolo. Cerca di fare mente locale a una settimana prima e alle telefonate ricevute da Ettore. Le torna alla mente quando, seduti sul dondolo dopo una giornata stancante e caotica, gli squilla il telefonino. Lo vede alzarsi immediatamente, nemmeno lo avesse punto una tarantola, e allontanarsi con una espressione di felicità sul volto. Sente il tono dolce e suadente della voce senza afferrare granché della conversazione.

«Sta parlando con una donna ne sono sicura» dice a Valerio che le chiede ammiccando:

«Non sarai mica gelosa?»

Eva s'infastidisce un pochino e distoglie lo sguardo senza rispondere, fa finta di guardare gli alberi appena potati. Non vuole ammetterlo, ma non riesce ad accettare che un'altra donna possa illuminare il volto e il cuore del suo compagno. Si ricorda bene quando, al termine della telefonata, li ha nuovamente raggiunti senza accennare nulla.

3.

Il parco è illuminato dalla luna ormai quasi piena, mancano un paio di giorni prima che sia perfettamente tonda. È ammaliata dalla sua faccia da mostro; i grandi occhi sono completamente visibili, la bocca aperta le dà l'idea che le stia parlando.

Cosa hai da dirmi satellite misterioso? Tu che regoli le maree e i cicli vitali? Silenziosa e possente luna, ti prego

parla!
La osserva e ha la sensazione che anche lei stia facendo lo stesso. Percepisce compassione in quegli occhi grandi. La rabbia di pochi attimi prima sparisce, lasciandole solo un senso di vuoto.

10.

CARLA ERA STANCA DI ASPETTARE

Carla si guardava allo specchio quasi a voler cercare nella sua immagine riflessa, nascosta tra le rughe e i capelli bianchi, la causa di quel non riconoscersi più. Qualcosa era accaduto, senza che lei ne avesse avuto sentore. E quel qualcosa di sicuro si era nascosto bene fra le pieghe della sua pelle o sotto la tinta nera che nascondeva il trascorrere del tempo.

Non era la stessa, questo era evidente. Eppure, sotto le zampe di gallina che le segnavano il volto all'angolo degli occhi, non le sembrava di scorgere quel qualcosa.

Nello studio, l'uomo che credeva di amare era perso fra le scartoffie. Non importava che fosse sabato, *il loro giorno*.

Anzi, da diverso tempo, aveva l'impressione che non era rimasto più nulla della magia che caratterizzava i loro fine settimana. Non solo perché avevano smesso di viaggiare, ma perché non c'era più l'attesa trepidante di organizzare qualcosa di diverso dalla quotidianità, che gli permettesse di stare insieme, di godere di attimi che potessero essere indimenticabili.

Dove era finita quell'intimità che li legava, che rendeva unico il loro rapporto? E le gaie risate che sembravano non voler finire mai e che le avevano portato il soprannome di *gioia dei miei occhi* e *musica per le mie orecchie?* Dove erano finite le serate estive durante le quali sorseggiavano insieme alla birra l'essenza della vita?

La spensieratezza sembrava aver fatto le valigie. Non era sufficiente indossare gli stessi pantaloni a vita bassa di quando era una *under trenta* e nemmeno le scarpe da ginnastica che erano state inseparabili compagne di battaglie sociali e di divertimento sfrenato.

Silenziosa lo osservava dalla porta. Non si era nemmeno accorto di lei. Sorrideva a un foglio bianco di Word. Stava iniziando un nuovo lavoro e ne avrebbe avuto per ore. La serranda tirata su lasciava entrare tiepidi raggi di sole che non riuscivano più a scaldare la loro voglia di novità e di evasione dalla realtà di tutti i giorni.

Ora c'erano scadenze da rispettare. Pagamenti inderogabili. Erano adulti e non importava che non avessero figli. Il tempo si era esaurito comunque.

«Stacchi la spina? Andiamo al centro storico a prenderci quell'aperitivo che rimandiamo da tempo?»

«Oh cara, mi piacerebbe tanto, ma sono indietro con il progetto. Lo devo consegnare entro lunedì e non so nemmeno se due giorni pieni saranno sufficienti. Ti spiace se lo spostiamo alla prossima settimana?»

La risposta era arrivata senza che Pierluigi si degnasse di guardarla negli occhi. Lo aveva detto senza togliere gli occhi dallo schermo del computer.

Qualcosa era cambiato. In lei, in Pierluigi, nelle loro vite. Un altro sabato sarebbe passato senza essere vissuto, con una alzata di spalle e un *mi piacerebbe tanto* seguito da un *mi spiace.*

Carla conosceva a memoria il copione, si ripeteva ogni weekend e la fiamma che in passato alimentava la passione era un ricordo talmente tanto lontano che cominciava a dubitare ci fosse mai stata.

Era stanca di aspettare. Forse non sarebbe servito a nulla, ma si diresse in camera e aprendo l'armadio tirò fuori i pantaloni a vita bassa e le scarpe da ginnastica dei suoi anni migliori e decise di uscire ugualmente a prendere l'aperitivo che l'aspettava da mesi.

11.

GIADA E IL SUO AMORE

1.

Giada cammina a passo sostenuto sul lato strada raggiunto dai raggi del sole. Nonostante la nuvoletta che emette a ogni respiro, è di buon umore. Non c'è alcuna ragione per non esserlo. Dopo mesi, tutto sembra andare per il verso giusto. È lei che ha trovato il suo verso.
È quasi arrivata. Si ferma un attimo guardandosi attorno nervosamente. Cerca di mettere a fuoco ogni uomo con i capelli lunghi finché riesce a vederlo: è in piedi accanto all'arco di Travertino. Il cuore le batte talmente tanto forte nel petto che teme possa sentirlo anche lui da laggiù. Riparte, si ferma di nuovo. Fa un lungo e lento respiro. Poi un altro e un altro ancora.

2.

La decisione di chiamarlo l'ha presa due giorni prima: deve vederlo, toccarlo, percepirlo fin nel profondo perché ne è dipendente, come il tossico con la sua dose giornaliera. Ci ha provato a disintossicarsi, ma alla fine cede sempre e torna a cercarlo perché vuole dipendere da lui, dai suoi sorrisi tirati e i suoi occhi fissi; dalle parole che non riesce a cavargli in nessun modo, dalla precarietà di un futuro incerto.

Così non ha resistito, è tornata sui suoi passi e gli ha telefonato.

3.

«Ciao, sono io».

«Lo so, compare il tuo nome. Non ti ho cancellata dalla rubrica».

«E dalla tua vita?»

«Sei tu che mi hai dato il benservito. Te lo sei scordato?»

«Ti ho chiesto del tempo».

«Direi piuttosto che te lo sei preso senza riserve».

«Ho voglia di vederti».

«Non giri mai intorno alle parole».

«Domani è sabato. Potremmo incontrarci in tarda mattinata per un aperitivo. Al Colosseo, come ai vecchi tempi».

«Hai già pensato a tutto. Anche a cosa accadrà dopo?»

«No, però cercherò di essere più bella che mai».

«Mi hai lasciato perché non ti sentivi più amata e ora vuoi riconquistarmi?»

«Ci vediamo domani a mezzogiorno».

4.

A dividerli ora è solo una strada, ma Giada rimane ancora ferma, irretita nei ricordi: il primo incontro fortuito sotto a un salice, le notti passate a dormire all'aperto e il cielo stellato per tetto; il loro primo bacio, la prima carezza e i loro corpi uniti; il piatto fondo tirato con rabbia alla porta la prima volta che hanno litigato.

E adesso è pronta per volere nuovi ricordi. Anche se l'eccezionale diverrà normale. Anche se le rughe inizieranno a segnare il tempo sui loro volti.

5.
Attraversa. Lui è qui, davanti a lei, sbarbato. La giacca a vento chiusa fino al collo. Avanza ancora di qualche passo fino a pararglisi a poco meno di mezzo metro. Si scrutano, si sorridono. Le gote di lei arrossiscono. Lui non smette di guardarla negli occhi: ne è come rapito. Ancora fermi, si studiano come due animali, annusano l'aria, non perdono di vista nessun piccolo movimento dell'altro finché lei cede buttandoglisi con le braccia al collo. Lo bacia su tutto il volto. Lo carezza sui capelli. E ride. Piange. Ride e piange.

6.
È bellissima. I capelli castani sciolti lungo la schiena che a ogni movimento ondeggiano sinuosi insieme a lei. Le labbra carnose che mentre lo baciano gli procurano brividi e gli ricordano l'alchimia dei loro corpi uniti mentre facevano l'amore. I grandi occhi nocciola che, come ora, quando sono inumiditi dalle lacrime hanno dei riflessi verdi. Le ciglia lunghe che le conferiscono uno sguardo da cerbiatta, sono bagnate dalle lacrime. Allunga la mano e gliele asciuga, poi la stringe forte a lui.
«Va meglio?»
Annuisce silenziosa.
«Basta lacrime».
«Sono lacrime di gioia».
«Quanto pensi che dureranno queste lacrime di gioia?»
«Vorrei poterti dire per sempre...»
«...ma sai che sarebbe una bugia» conclude lui.

7.

Seduti in un bar, sorseggiano uno spritz stuzzicando tramezzini e noccioline come due turisti. Giada si guarda attorno e osserva le persone che sono sedute ai tavoli. Accanto a loro una coppia con due bambini parlano dell'ultimo film di supereroi della Marvel, la donna sorride e una fossetta le si forma sulla guancia sinistra. Rimane colpita dalle loro consumazioni perché nota che ci sono solo acqua e coca-cola sul tavolo.

Poco più in là una donna sorseggia un prosecco; è sola e i suoi occhi sono velati di lacrime, ma non sono di gioia e il suo abbigliamento giovanile la fa apparire ancora più triste e sola, persa in un passato che non tornerà mai più. Si sofferma sulle sue scarpe da ginnastica lise che sembra abbiano fatto fin troppa strada, così tanta da non voler più camminare.

Si dice che non vuole ritrovarsi come lei e torna a perdersi negli occhi dell'uomo che ora sa di amare e prende a raccontare aneddoti forse per scacciare la tristezza che la donna le trasmette:

«Insomma una mattina mi sveglio, scendo dal letto e mi ritrovo con i piedi a mollo. Si era rotto il tubo dell'acqua nel bagno. Sono caduta tre volte prima di arrivare al rubinetto generale. Da morire dal ridere te lo assicuro. Ovviamente, lì per lì non ridevo, anzi imprecavo tutti i santi del paradiso!»

«Non ho dubbi. Meno male che non c'ero, sennò chi ti avrebbe sopportata!»

«Già, non mi sopportavo da sola. Me la sono presa con tutti. Anche con te che te ne eri andato».

«No, sei tu che mi hai cacciato».

«Non ti ho cacciato, ti ho chiesto del tempo».

«Te lo sei preso».

«Sì, ma tu non ti sei opposto».

«Pensi che mi sarei potuto opporre?»

«Forse volevo questo».

Poggia il bicchiere sul tavolo e le prende la mano.

«Io voglio il meglio per te. Sono felice se tu sei felice. Triste se tu sei triste. Se mi dici di non sapere più cosa vuoi, che ti manca l'aria, che vuoi startene sola per un po', io me ne vado».

«Ma se mi ami...»

Prova a dirgli, ma lui la interrompe:

«Questo è amore».

Le lascia la mano, prende il bicchiere di spritz e manda giù l'ultimo sorso.

12.

IO E CAMILLE

1.

Era una domenica pomeriggio quando Camille suonò il campanello gettandosi dentro casa senza neanche domandarmi se avessi voglia di averla tra i piedi.

Io non ero solo, in camera c'era ad aspettarmi l'ultima conquista della sera prima, dopo una nottata alcolica per dimenticare l'ennesimo diciotto che avevo preso all'università. Non sapevo neanche il nome della ragazza che dormiva nel mio letto, ma non avevo voglia che *Miss Uragano* entrasse nella stanza e stravolgesse il pomeriggio di quiete previsto.

Mia madre era in salone a giocare a burraco con le sue amiche; mia sorella era chiusa nella sua camera a studiare per l'ultimo esame della sessione e non amava particolarmente Camille. Rimanevano il bagno, la camera dei miei e la cucina. Così optai per il bagno. Con Camille potevo permettermelo senza che si formalizzasse.

Era lì oltre la soglia, con il volto sorridente di chi aveva avuto un'illuminazione di almeno secondo livello. Dove, per secondo livello, intendevamo una scoperta *non plus ultra* che lasciava sulla pelle la sensazione di aver appena avuto un orgasmo sensazionale.

Più o meno quello che c'era stato fra le lenzuola con la sconosciuta di cui non ricordavo neanche il nome. Forse non glielo avevo nemmeno chiesto.

La frenai e mi accorsi che già il solo vederla destabilizzava i miei pensieri. Sentivo ancor prima che mi travolgesse, la valanga che mi avrebbe sotterrato di lì a poco.

La reindirizzai verso la porta blu, quella della toilette. E, a pensarci bene, a Camille il mio bagno era sempre piaciuto. Diceva che si trovava talmente tanto a suo agio da farla cagare. Forse era per il suo blu o per la finestra grande o per la tazza del cesso rialzata davanti allo specchio del lavandino. Me la immaginai sul water mentre defecava facendo smorfie davanti allo specchio.

Mi seguì senza batter ciglio, ma con gli occhi che le brillavano. Quando finalmente chiusi la porta del bagno, aprì la borsa e tirò fuori due biglietti del treno.

Secondo lei avrei dovuto capire, ma io non capivo. Forse perché avevo dormito poco, forse per le troppe birre bevute la sera prima o forse per la troppa attività fisica consumata nella stanza attigua. Continuava a sventolare i biglietti e io cominciai a perdere la pazienza.

«Smilla. Vai al dunque e anche velocemente. Ho una ragazza in camera che mi aspetta!»

La chiamavo Smilla, come spesso capitava a quei tempi, quando sfoderava i suoi sorrisi disarmanti.

Lei guardandomi fece un fischio e scoppiò a ridere.

«Oh, povera! Dovrà aspettare due giorni allora!»

Lo disse ridendo e io percepii che la valanga ormai mi aveva ricoperto completamente. Mi mancava l'aria e andai ad aprire la finestra, poi le chiesi gentilmente di abbassare la voce e lo feci gesticolando esageratamente.

Camille intanto si era accomodata sulla tazza e mi invitava a sedermi sul bidet.

«Ancora non hai capito?»

No, non avevo ancora capito.

«Smilla cosa?»

Glielo chiesi mentre mi lasciavo cadere teatralmente accanto a lei.

«Va beh, non ci rimango male. È passato così tanto tempo! Ma me lo hai promesso, no? E le promesse vanno mantenute!»

Ero disorientato, ma lei non si scoraggiò e mi ricordò di quella promessa di tanti anni prima, quella che le avevo fatto sotto il noce. Risaliva a una vita fa e non riuscivo a credere potesse avere ancora valore.

Se prima ero disorientato, nel momento in cui mi aveva rinfrescato la memoria, avevo perso tutte le parole e rimasi a fissare il suo volto tondo.

2.

Tornai indietro di dieci anni e mi ritrovai sotto al noce, dietro casa di mia nonna in Umbria. Era un pomeriggio d'agosto e noi eravamo due ragazzini annoiati che cercavano sollievo sotto la chioma del grande albero.

Smilla si carezzava il ginocchio che le si era sbucciato cadendo dalla bicicletta sulla discesa che portava alla piazza del paese.

Io continuavo a toccarmi il sopracciglio destro dove c'era la cicatrice che mi ero fatto pochi mesi prima scivolando dallo skate.

Camille era così presa dai suoi pensieri che il suo sguardo sembrava perso in un tempo infinito sospeso fra passato e futuro.

E così, mentre se ne stava sperduta chissà dove, ecco che prese a raccontarmi della sua grande sconfitta:

«Due settimane fa non sono riuscita a tuffarmi dallo scoglio di Talamone».

Il noce muoveva le sue fronde. Camille continuava a carezzarsi il ginocchio. Gli occhi le si velarono e silenziose lacrime presero a scendere sulle guance. E io capii. Non occorreva che mi desse altre spiegazioni. Mi tirai su e mi avvicinai a lei. Tirai fiori dalla tasca un fazzoletto di lino e gliele asciugai.

«Smilla, non importa. Ci sarà un'altra occasione e ti tufferai».

«Ho avuto paura. Non sopporto di avere paura».

«Tutti abbiamo paura».

Si scrollò dal suo sguardo vacuo e mi guardò duro negli occhi dicendo:

«Ho osservato decine di persone tuffarsi. Bambini, vecchi, ragazzi. Ho ispezionato il fondale e non c'era rischio di finire su qualche scoglio nascosto appena sotto il pelo dell'acqua. Il mare era liscio come una tavola. Razionalmente era possibile».

«Nessuno ti vieta di riprovarci».

«Nessuno tranne me stessa».

Difficilmente Smilla era triste, ma quel giorno sotto al noce la vidi per la prima volta non solo triste, ma fragile come lo era il tallone per Achille.

«Ogni cosa a suo tempo Smilla. Quanti anni hai?»

«Lo sai quanti ne ho. Non farmi passare per la solita bambina solo perché tu sei più grande di me di due anni».

«Certo che lo so quanti anni hai!»

«Ho 13 anni».

Rispose infine sostenendo il mio sguardo e cercando di

darsi un contegno.

«E probabilmente hai davanti a te ancora tanti anni di vita. Un giorno tornerai su quello scoglio o forse su un altro, poco importa. Quel giorno avrai voglia di tuffarti. E non perché si sono tuffati vecchi, bambini o ragazzi prima di te, ma perché sei tu che vorrai farlo».

Le dissi quelle parole con calma mentre il vento passava fra i rami e qualche uccellino si azzardava a cantare vincendo sul caldo di un torrido pomeriggio d'agosto. Lo sapeva anche Camille che il mio discorso aveva un senso. Lo vedevo dai suoi occhi che avevano ripreso a risplendere come solo quelli di Smilla sapevano fare.

Smise di accarezzarsi il ginocchio sbucciato e mi diede un bacio a stampo sulla fronte.

«Già, mica posso pensare di poter fare tutto e subito. Grazie al cielo te l'ho raccontato. Sarei stata capace di chiedere a mia madre di portarmi dallo psicologo!»

Non fece neanche in tempo a finire la frase che scoppiò a ridere. Perché lo sapevamo entrambi che lei odiava gli strizzacervelli.

«Se vuoi ho il telefono di una brava, ma forse la conosci».

Smilla storse il naso, ma non smise di ridere. In fondo lo sapeva anche lei che la madre era una brava psicoterapeuta, ma non lo avrebbe mai ammesso.

Era dura crescere con un genitore abituato a psicanalizzare sempre tutto e tutti, ma lei aveva imparato a sguisciarle come fa un'anguilla fra le mani del pescatore.

«Un giorno ci tornerò. E tu?»

«Io cosa?»

Non capivo.

«Ti va di venire con me?»

Le richieste assurde di Camille. Cosa le potevo rispondere? Cosa ne sapevo io se ancora saremmo stati amici, se

76

avremmo abitato ancora nello stesso quartiere, se sarei stato ancora su questa terra?

«Come faccio a prometterlo? Non c'è nemmeno una data!»

«Infatti è una promessa. Quando uno promette, promette che farà tutto il possibile per far sì che... Se avevo già la data ti chiedevo di accompagnarmi!»

3.

Fu così che promisi. E la promessa era venuta a bussare alla mia porta dieci anni, undici mesi e dieci giorni più tardi. Ero seduto sul bidet e Smilla voleva sentire il mio sì.

«A questo punto ti sei dimenticata di chiedermi di accompagnarti».

«Lo avrei fatto volentieri!»

Disse sospirando, poi continuò:

«Igor, è da tre giorni che ti cerco: non sei mai a casa e non leggi neanche i messaggi che ti lascia tua madre appesi alla porta. Se avessi letto anche solo uno dei post-it gialli che ti ha appicciato, ti saresti accorto che te l'ho chiesto. Ora siccome chi tace acconsente, io ho fatto i biglietti del treno!»

Sospirai sapendo già che il resto delle informazioni non avrebbero portato a nulla di buono per me e i miei piani.

«Partiamo stasera alle ventuno e torniamo mercoledì sera a mezzanotte».

«Ma che razza di orari hai scelto? Giovedì ho un esame. Non se ne parla. E poi, lo sai che non leggo i post-it!»

Dissi cercando di prendere tempo.

«Allora smetti di far credere a tua madre che li leggi: così lei smetterà di perdere tempo a scriverli!»

«E poi, ti pare un orario partire alle ventuno?»

«L'orario è casuale, mi piaceva il suono del numero. E poi scusa, tanto che hai da fare? E non dirmi studiare. Prenderai diciotto, tornerai a ubriacarti e ti porterai a letto una senza nome per un appagamento carnale».

Sospirai.

Sorrise.

«Passo da te alle sette. Ci mangiamo una cosa e andiamo alla stazione».

Si alzò dal water, mi diede un bacio e uscì dal bagno. Poi si voltò e mi chiese:

«Di questa almeno ti sei fatto dire il nome?» ma sapeva già quale sarebbe stata la mia risposta e scoppiò in una risata.

Alzai le spalle e la lasciai andare via, la strada la conosceva bene e io ne approfittai per farmi una doccia.

Quando tornai in camera la tipa se n'era andata senza aver lasciato un biglietto, un telefono, un indirizzo. La stanza era vuota e io ero rimasto solo, in attesa che Camille passasse a prendermi.

13.

MANUEL IL DON CHISCIOTTE

«Qual è la tua canzone?»

«Come scusa?»

«Qual è la tua canzone! Non la tua canzone preferita, anche se poi potrebbe coincidere, ma quella che senti tua».

Angela guardava lo sconosciuto seduto di fronte a lei. Il treno in movimento e il vagone fatiscente rendevano quella scena surreale. Il ragazzo le sorrideva e mostrava denti larghi e storti. Il naso a patata lo rendeva simpatico. Gli occhi erano neri come la pece e talmente seri che ebbe un sussulto.

«E perché dovrei risponderti?»

«Non c'è motivo per cui tu non lo faccia».

Angela prese a muoversi sulla poltrona, come se avesse qualcosa sotto il sedere che la infastidiva. Poi si passò una mano fra i capelli scostando la ciocca che le ricadeva sul viso. Si guardò le mani a lungo. Infine alzò la testa e con un po' d'imbarazzo lo guardò nuovamente negli occhi.

«*Stairway to Heaven. Led Zeppelin*».

«Ah però!»

«Cosa?»

«Avrei detto che fossi più da *Freak, Samuele Bersani*. E invece… *There's a sign on the wall but she wants to be sure 'cause you know sometimes words have two meanings*».

Stavolta sorridevano anche gli occhi e la faccia paffuta e abbronzata le appariva meno sconosciuta.

«Mai giudicare dalle apparenze» rispose lei.

Il ragazzo si scompigliò il cespuglio di capelli corvino. Piegò leggermente il capo verso sinistra.

«Già. Colpa degli orecchini con il simbolo della pace. Comunque io sono Manuel» disse protendendosi verso di lei cercando di non farsi sballottare troppo dall'andare del treno.

«Angela» rispose allungando la mano fino alla sua.

Si trovò avvolta da una stretta sicura. Né troppo forte o eccessiva di quelle che non vogliono più lasciarti andare né poco rassicurante e debole. Il giusto tempo, la giusta pressione.

«E la tua?»

Chiese lei di rimando.

«La mia cosa?»

«La tua canzone!»

«T'interessa davvero saperlo?»

Angela si tirò su con la schiena e poggiò i gomiti sulle gambe. Rimase in silenzio per qualche minuto. Il mento poggiato sulle mani. Lo scrutava con attenzione. Intanto lungo il corridoio passava il carrello con bevande e snack, ma nessuno di loro due parve accorgersene.

«Tu perché hai voluto saperlo?»

«Mi spiace, ma non puoi rispondere a una domanda con un'altra domanda!»

«No?»

80

«No».

Tornò a poggiarsi allo schienale. Le braccia completamente abbandonate sui braccioli. Aspettava che fosse comunque lui a parlare e Manuel lo fece.

«È un gioco che facevo con mio fratello quando ero ancora bambino. All'inizio erano canzoni dei cartoni animati; poi crescendo mi accorsi che oltre a cambiare io, cambiavano anche i miei gusti musicali e la scelta della canzone che mi accompagnava nelle mie giornate. È un gioco che faccio con le persone a me più care, ma quando ti ho vista ho avuto il desiderio irrefrenabile di chiedertelo senza pensare di poter apparire troppo invasivo».

Angela annuì e Manuel sentì che lo voleva sapere davvero.

«Io ce l'ho una canzone che potrebbe essere la tua».

«Ah sì?»

«Sì. Tu mi facevi *Freak*. E in fondo anche questa canzone potrebbe essere la mia. Magari lo è stata qualche anno fa. Oggi però sono *Stairway to Heaven*».

Manuel trovava che Angela fosse un fiore raro. L'idea gliela davano i suoi capelli ribelli che continuavano a ricaderle davanti al viso e la luce che illuminava i suoi occhi. Non solo, quando era entrata nello scompartimento, aveva rapito la sua attenzione e aveva abbandonato sulle gambe il libro che stava leggendo, rimanendo con la bocca aperta e gli occhi rapiti dal movimento sinuoso della sua veste azzurra. Gli ricordava le campanule dell'infanzia che crescevano nell'aiuola della nonna. Lo scompartimento si riempì del suo odore. Gelsomino o qualcosa di assai simile. Le chiese:

«E qual è?»

«Prima tu».

«*I looked at you. The Doors*».

«Adesso?»

81

«Già, adesso».

«E ieri?»

«Avrei dovuto incontrarti ieri per poterlo dire. Tu che canzone mi fai?»

«*Don Chisciotte, Guccini*».

Manuel spostò lo sguardo verso il finestrino. Angela si chiese se avesse sbagliato qualcosa. I suoi occhi erano tornati seri e il sorriso si era spento sulle labbra.

«Mi fai *Don Chisciotte*?»

Lo disse continuando a guardare gli alberi sfrecciare veloci quasi che fosse lui fermo e loro si muovessero.

«Ti faccio *anche Don Chisciotte*».

Rispose deglutendo e sperando che il ragazzo si voltasse e tornasse a sorriderle. Magari anche a ridere di gusto. Lui prese a cantare un verso della canzone:

«*Il potere è l'immondizia della storia degli umani e, anche se siamo soltanto due romantici rottami, sputeremo il cuore in faccia all'ingiustizia giorno e notte: siamo i "Grandi della Mancha", Sancho Panza... e Don Chisciotte*».

Manuel tornò nuovamente a guardarla e lei ne fu sollevata. Quantomeno conosceva la canzone. Però il suo volto non era più ilare come poco prima. I capelli arruffati non lo rendevano più buffo. I suoi occhi neri come la pece non erano più seri, né sorridevano. Angela ci leggeva tristezza.

«Vuoi sapere invece quale canzone ero prima di salire su questo treno?»

«Certo!»

Lo disse di getto quasi a voler ristabilire il contatto che, era certa, si era andato rompendo quando aveva pronunciato *Don Chisciotte*.

«*Un senso, Vasco Rossi*».

«Ah».

«Già, ah!»

«*Voglio trovare un senso a questa condizione anche se questa condizione un senso non ce l'ha. Sai cosa penso che se non ha un senso, domani arriverà domani arriverà lo stesso. Senti che bel vento non basta mai il tempo domani un altro giorno arriverà domani un altro giorno ormai è qua. Voglio trovare un senso a tante cose anche se tante cose un senso non ce l'ha*».

Angela aveva una voce calda e melodiosa. Non c'erano dubbi che fosse S*tairway to Heaven*. Avrebbe voluto alzarsi e abbracciarla e dirle grazie. Per essere stata al gioco, per averlo condiviso e per aver saputo guardare così in profondità.

«Ti prego smettila di fissarmi così».

Manuel si passò una mano fra i capelli e piegò leggermente il capo verso sinistra con volto interrogativo.

«Ti stavo fissando?»

«Sì, da almeno cinque minuti».

«Non era mia intenzione, scusami».

La ragazza sorrise e disse:

«Non credevo che questo gioco avesse effetti collaterali».

«Li ha solo se il giocatore sa davvero giocare».

Angela arrossì leggermente. Questo piacque al ragazzo che si alzò e provò ad aprire il finestrino.

«Non si aprono più».

«No?»

«No, c'è l'aria condizionata» lo disse indicandogli il bocchettone sopra le loro teste.

Tornò a sedersi lasciandosi cadere. Avrebbe voluto trovare parole, ma la lingua sembrava essersi seccata.

14.

ERNESTO SE NE VA

Ernesto è venuto a salutarmi. Sta partendo e non sarà per una vacanza. Ha lo sguardo triste e tiene stretta fra le mani una grande scatola. È così grande che mi chiedo come riesca a tenerla.
«Ti serve una mano?»
Lui abbassa lo sguardo e ho la sensazione che la stringa ancora più forte; senza rispondere alla mia domanda, dice: «Vorrei chiederti un favore. Un grande favore».
«Anche due» dico con eccessiva enfasi nella speranza di rivedere il suo sorriso.
«Vieni accomodati. Ti preparo un bel bicchiere di latte e ne parliamo a pancia piena».
Lui annuisce e mi sembra di scorgerne uno lieve, sul volto rassegnato.
Lo faccio accomodare in cucina. Si siede senza riuscire a posare la scatola. La tiene stretta, poggiata sulle gambe.
Mentre prendo il latte dal frigo e glielo verso nel bicchiere lo guardo di sottecchi. Nonostante sia cresciuto tanto da

84

quando lo conosco, oggi mi appare piccolo e indifeso.
Gli porgo il bicchiere, mi siedo di fronte a lui e aspetto. Lo beve tutto d'un sorso senza smettere di tenere con una mano la scatola e quando poggia sul tavolo il bicchiere ormai vuoto ha due grandi baffi bianchi che lo rendono meno triste.
Gli porgo un tovagliolo.
«Ho i baffi?»
Annuisco e lui sorride. Gli occhi tornano a brillare per un secondo perché Ernesto è un bambino e la tristezza non lo pervade mai completamente.
«Giacomo posso chiederti un grande favore?»
«Certo che puoi. Te l'ho detto, anche più di uno».
A questo punto mi porge la grande scatola.
«Vorrei che tu conservassi questa per me».
La prendo con fierezza e aspetto che lui apra il suo cuore.
«Mamma non vuole che la porto nella nuova casa. Sono tante le cose che ho dovuto regalare perché in città l'appartamento è molto piccolo e non abbiamo un giardino, ma solo un piccolo terrazzo. Ma questa scatola non posso regalarla. Sono i miei ricordi. I miei ricordi di qui, la mia vita fino a oggi. Puoi tenerli tu per me? Quando diventerò grande verrò a riprenderla. Tu hai tanto spazio in questa casa. È vero che un posto lo puoi trovare?»
I suoi occhi adesso sono spalancati e io vedo i suoi ricordi riflessi nel grigio delle sue iridi.
«Ernesto, certo che ho posto per i tuoi ricordi. Ne sarò il custode. La terrò nella mansarda accanto alla mia scatola dei ricordi».
Adesso nel suo bel viso di bambino leggo un grande punto interrogativo.
«Anche tu conservi i tuoi ricordi in una scatola?»
«Certamente!» e mentre lo dico gli sorrido. Siamo così si-

mili io ed Ernesto, potrebbe essere quel nipote che non ho mai avuto.

Il mio cuore si stringe all'idea che fra poco non lo vedrò più.

«Giacomo...»

«Dimmi».

«Posso venire a trovarti qualche volta con la mamma?» Poggio la scatola sul tavolo e gli prendo le mani. Ci guardiamo solennemente negli occhi mentre gli dico:

«Puoi venire tutte le volte che vuoi e quando sarai grande potrai venire anche da solo. Io sarò alla stazione ad attenderti. Anzi, possiamo già da ora fare un patto: tutte le estati potrai venire e stare da me quanto vorrai. Così controllerai i tuoi ricordi e ne aggiungerai di nuovi. E se vuoi ti farò conoscere i miei».

Il volto gli si illumina, gli occhi hanno perso il velo di tristezza di poco prima e il peso dei ricordi abbandonati non c'è più.

15.

SIMONA, CHI SI ACCONTENTA GODE?

Simona sta finendo di rassettare la cucina. Con le ultime energie chiude lo sportello della lavastoviglie e preme il bottone di accensione.
La casa è sprofondata nel silenzio, si sente solo il rumore dell'elettrodomestico che le provoca un senso di sollievo e di tristezza allo stesso tempo: anche questa giornata è giunta al termine senza fama e senza gloria, i figli finalmente si sono addormentati e il marito è preso dal solito film d'azione, ma nessun suono proviene da quell'aggeggio infernale grazie alle cuffie che gli ha regalato lo scorso Natale; così le sparatorie e gli inseguimenti sono un rimbombo solo nella testa di lui.
Spegne la luce e si ritira in bagno. È tentata di riempire la vasca così da concedersi un po' di meritato relax immersa nell'acqua calda, con la speranza di trovare un po' di energie e di desiderio che è assopito da tanto, troppo tempo.
Prova a immaginarsi in lingerie di pizzo, calze autoreggenti mentre si presenta davanti al marito su tacchi a spillo dodi-

ci. Magari può pensare di esagerare con trucco marcato intorno agli occhi e un rossetto rosso che metta in risalto le labbra carnose. Forse lui smetterebbe di guardare la televisione, butterebbe le cuffie con slancio a terra e arrapato dalla sua figura sexy e, forse un po' trucida, le salterebbe addosso senza riuscire a controllare quegli istinti animali che magari sono ancora nascosti da qualche parte e chiedono solo di essere risvegliati.

Poi la sua immagine in versione cinquanta sfumature di grigio viene sopraffatta da quella di lui sbracato sul letto, con il suo pigiama a righe che gli ricorda quello di suo nonno, i calzini di spugna bianca ancora ai piedi e quella spinta a impostare una serata diversa e trasgressiva svanisce nel nulla.

Sospira, si guarda allo specchio e ritrova il riflesso di una donna stanca, invecchiata, che ha dimenticato cosa voglia dire provare euforia, essere felice. Simona si accontenta di troppe cose. Le sue giornate sono sempre uguali, non hanno quei colpi di scena che portano un brivido, seppur piccolo, che le attraversa la schiena. Si accontenta di essere madre, moglie e lavoratrice.

Guarda la vasca da bagno, poi sposta lo sguardo verso il box doccia. Si spoglia e opta per quest'ultimo. Quando esce si accorge di avere ancora sulla pelle quel *friccicorio* che la spinge a finire la giornata diversamente.

Raggiunge il marito in camera ancora avvolta nel suo accappatoio. Si spoglia lasciandolo cadere a terra. Il corpo nonostante l'età è sodo e muscoloso, ma lui nemmeno si accorge di lei tanto è preso dallo schermo del televisore. Simona ancora ci crede, forse sono i suoi ormoni che fanno capolino di tanto in tanto a ricordarle il suo essere donna, forse è un desiderio inconscio di dare senso a una vita tutta uguale, senza gioie, senza colpi di scena.

Il marito intravede la moglie passare davanti allo schermo proprio mentre il cattivo sta per essere catturato e la esorta a spostarsi velocemente.

Decide di coricarsi nuda accanto a lui, nonostante il suo pigiama a righe e i calzini di cotone bianchi ancora ai piedi, nonostante le cuffie e un televisore che rimanda immagini concitate di un inseguimento.

Infila le sue mani sotto il pigiama, gli carezza la schiena, scende sui glutei.

Il film sta per terminare e tempo cinque minuti lui si accorgerà di lei e della sua voglia di fare sesso in modo nuovo. Sposta le mani e gli carezza il dorso mentre con delicatezza inizia a baciargli il collo. Il marito la scansa con la mano, *non ora che stanno mettendo le manette al cattivo*.

A questo punto si chiede se valga la pena continuare, un senso di frustrazione la pervade e il desiderio di una notte di sesso trasgressivo scema del tutto.

Si gira dall'altra parte, dando le spalle a lui e alla televisione. Chiude gli occhi e si appresta a dormire, ma la mente le rimanda immagini della mattina quando si scontra sulla banchina della metropolitana con un uomo poco più giovane di lei. È alto e ha un sorriso seducente, sul sopracciglio destro ha una cicatrice che rende il suo sguardo accattivante e la voce con cui le chiede scusa è sensuale.

Di nuovo il desiderio l'assale e lascia che la sua mano accarezzi il suo sesso bagnato; immagina la voce calda e suadente dello sconosciuto che le sussurra quanta voglia ha di sbatterla contro il muro di un vicolo cieco, nella penombra della sera, penetrandola più e più volte fino a sentire le sue grida di piacere rimbombare per la stradina.

16.

VINICIO E IL PASSATO CHE SCOTTA

«Mi stai dicendo che mio nonno era un contrabbandiere?»
«Tutti noi lo eravamo».
«Anche mio padre?»
«Tutti, anche tuo padre».
Marco guardava lo zio con aria costernata. Non riusciva a smettere di muoversi sulle gambe. Le mani in tasca stringevano qualcosa mentre il cervello non smetteva di elaborare la notizia sotto tutte le sfaccettature possibili.
«Eravamo nel dopoguerra».
«Ma voi andavate contro la legge!»
«Marco, sei abbastanza grande per capire che non sempre quello che vieta la legge lede davvero qualcuno!»
«Vi hanno mai preso?»
«Chi?»
«Come chi? La polizia, i carabinieri, la finanza, i vigili urbani. Qualcuno vi ha mai arrestato?» gli occhi del ragazzo erano fissi su quelli dello zio; erano pieni di disprezzo e questo Vinicio non poteva immaginarlo.

Si era sempre chiesto perché suo fratello non avesse mai raccontato la verità del loro passato al figlio.

«Forse ho fatto male a raccontarti tutte queste cose. Lasciamo stare, non serve rivangare il passato».

«No, adesso voglio sapere. Dovevi pensarci prima. Hai scoperchiato un secchio che puzza di marcio. E ora, anche se lo richiudi, la puzza continuerà a impregnarmi i vestiti e la sentirò nel naso per giorni!»

«Va bene, però fammi un favore, vammi a prendere la bottiglia di grappa che tengo nella credenza del salone. Porta due bicchierini e vieni a sederti davanti a me. Non sopporto di vederti in piedi».

Il ragazzo fece come gli aveva ordinato lo zio. Mise sul tavolo la bottiglia e i bicchierini e sprofondò nella sedia. Di colpo le energie lo avevano abbandonato.

Vinicio versò la grappa e la porse al nipote.

«Tieni».

«Non bevo».

«È ora che cominci anche tu. È fatta in casa, non fa male».

«Fa ubriacare».

«Fa digerire e comunque non mi sembra che tu debba guidare».

«Stavo pensando che forse un giro in macchina dopo questa storia mi farebbe bene».

«Forse, forse anche no. La spiaggia è vicina, puoi sempre andare a fare una camminata sulla riva, invece di impelagarti nel traffico di agosto».

Il ragazzo annuì, poi tornò a chiedere:

«Che cosa contrabbandavate?»

Vinicio gli rispose, ma senza l'enfasi di poco prima. Suo nipote non aveva l'ironia che aveva caratterizzato il padre.

«Un po' di tutto».

«Puoi essere più preciso?»

91

Lo zio sospirò:

«Alcolici, medicine, ma soprattutto sigarette. Tuo nonno aveva preso contatti in tempo di guerra».

«Contatti?»

«Sì, con le persone giuste, quelle che sapevano dove trovare i fornitori».

«Vuoi dire che era uno di quelli che portava avanti la borsa nera?»

Vinicio alzò gli occhi al cielo, poi tornò a guardare quel volto bianco nonostante fosse da più di una settimana lì al mare da lui. Non che avesse mai avuto un'aria sana e robusta, sempre un po' malaticcio, fin da quando era bambino. A guardarlo bene, si chiedeva se davvero fosse in grado di comprendere le sue parole. Quel nipote non aveva nulla a che vedere con lui, forse nemmeno con il padre. Forse non era nemmeno il figlio.

«Zio?»

L'anziano signore si riscosse dai suoi pensieri.

«Sì?»

«Vuoi rispondermi?»

L'uomo cercò di riprendere il filo del discorso, ma si perse a osservare le mani lunghe e curate del nipote. Mani di chi non conosceva la fatica. Prese a osservarlo tutto, forse per la prima volta da quando era nato. Non c'era nulla che gli ricordasse il fratello.

«Non avrei dovuto raccontarti nulla. Non è il tuo passato. E ora che anche tuo padre è passato a miglior vita, non ha più senso. Credevo che l'avresti trovata divertente come storia e invece ecco che mi diventi bianco come *un cencio*!»

«Zio io sono sempre bianco. È la mia carnagione».

«Lo sei di più. Sei troppo bianco».

«Ho preso dalla mamma».

«Già».

«Papà diceva sempre che eravamo due gocce d'acqua».

«Già, di noi non hai preso proprio nulla».

«E forse nemmeno il vostro passato da contrabbandieri!»

«Probabilmente neanche quello» sospirò lo zio, poi proseguì: «quando saprai se hai superato il concorso per entrare nella guardia di finanza?»

«Fra due settimane» disse con orgoglio il ragazzo.

«Allora qua ci vuole un brindisi!»

Vinicio versò altra grappa nei bicchieri e alzò il suo. Marco fece lo stesso e senza batter ciglio lo bevve tutto d'un sorso.

17.

GIANMARCO È INSOFFERENTE

Caterina ancora dorme, avvolta dalle lenzuola come fossero un bozzolo. Gianmarco seduto sul suo lato del letto la guarda con distacco.
All'inizio questa sua mania di coprirsi anche in piena estate, lo faceva sorridere perché gliela faceva apparire indifesa come una bambina.
Ora ne è infastidito, anzi, se proprio deve essere sincero, sono tante le cose che non sopporta più. Quelle manie a cui non riesce a rinunciare, a cui si lascia andare e che fanno parte di lei da sempre, da prima che incontrasse lui.
E pensare che durante i primi anni di matrimonio le aveva considerate divertenti, le vedeva come un segno di riconoscimento che la rendevano diversa dalle altre, dal resto del mondo. La rendevano unica.
Come controllare il bicchiere nel quale berrà per essere sicura che sia adeguatamente pulito, come lasciare un goccio di caffè nella tazzina per paura di berne il fondo; come non riuscire ad andare a letto se prima non si è pettinata i lunghi

capelli contando i colpi di spazzola e se ne perde il conto ricominciare da capo fino ad arrivare a cinquanta.

Ogni suo gesto fa parte di un rito antico, che è nato insieme a lei e del quale non può fare a meno. Automatico come lo è il cancello del garage. Ogni giorno ci sono dieci, venti gesti che ripete abitualmente senza nemmeno rendersene più conto. Lui invece li nota tutti e ne è irrimediabilmente innervosito.

Gianmarco è seduto accanto a lei. Vorrebbe srotolarla e riprendersi le lenzuola che per dieci anni gli sono state private. Vuole riappropriarsene, in fondo sono anche sue e se non avesse dormito tante notti scoperto la sua bronchite avrebbe avuto un decorso diverso. Forse.

Il fastidio cresce e non riesce a mettere a fuoco quanto di bello ci sia in lei. Come se tutti i suoi riti maniacali avessero cancellato il resto.

Questa sua avversione gli aveva fatto nascere dei sensi di colpa. La settimana scorsa, prima di entrare in sala operatoria per un'operazione di chirurgia estetica, si è ritrovato a stilare una lista di pregi e difetti della moglie; aveva diviso a metà il foglio e dopo averlo compilato la disparità era così grande che i suoi sensi di colpa erano spariti.

Gianmarco è seduto sul suo lato del letto e ha deciso di lasciarla, di andare via e ricominciare. Si appoggerà dallo zio, sempre ben disposto a ospitare amici e parenti nella sua villa. Deve andare lontano da abitudini malsane che hanno preso il sopravvento sull'amore. Un amore morto a colpi di spazzola, sepolto sotto i fondi del caffè, soffocato dalle lenzuola, nascosto dietro la macchia di un bicchiere.

Una giornata passata con lei lo porta all'esasperazione. A partire dalla mattina al risveglio quando sorseggia rumorosa la sua tazza di caffelatte a quando si fa la doccia e si dimentica di pulire lo scarico dai lunghi capelli nonostante i cinquanta colpi di spazzola. Per non parlare della sfera sessuale. Fare l'amore è diventato un compito, un obbligo, un dovere e il trovarla vestita di tutto punto con lingerie nuova e perfetta, reggiseni di pizzo e calze autoreggenti ora non lo eccita più.

Possibile che Caterina non si accorga di nulla?

Si alza dal letto e senza passare dal bagno si veste con le prime cose che gli capitano a tiro.

La moglie apre un occhio e ancora addormentata gli chiede: «Stai uscendo Giammarco?»

«Sì. Tu non preoccuparti, riposa pure».

«Non mi ricordo di nessun impegno. Oggi è sabato!»

«Nessun impegno. Credo che andrò a comprare le sigarette».

Caterina si gira dall'altra parte, si sistema meglio le lenzuola e mentre sente la porta sbattere si chiede da quando suo marito abbia cominciato a fumare.

18.

VITTORIA, TROPPI GRILLI PER LA TESTA

1.
Sono tornata nella casa ormai vuota della mia infanzia. I miei genitori sono morti ed è arrivato il momento di venderla. Devo inscatolare tutte le loro cose facendo una cernita di quello che desidero tenere. Mi guardo intorno passando da una stanza all'altra senza decidere da dove cominciare; poi mi avvicino alla libreria del salone, un ricordo mi assale e inizio a cercare freneticamente tra gli scaffali finché trovo il libro dalla copertina rossa. Lo prendo emozionata, è impolverato e con la mano lo pulisco delicatamente. Inizio a sfogliarlo mentre immagini di un passato lontano tornano ad affiorare. Mi siedo sulla poltrona accanto alla finestra e assecondo i ricordi.

2.
«Papà, se prendo tutti dieci per la mia promozione, mi compri la macchina da scrivere?»
Avevo undici anni e, dopo aver letto tutti i libri della libre-

ria, volevo anche io scriverne uno, volevo anche io essere una scrittrice.

Mio padre conosceva bene la sete di cultura e amava leggere e informarsi anche se veniva da una semplice famiglia di contadini. Per questo avevamo una grande libreria che riempiva tutta la parete destra del salone.

«Perché la vuoi?»

Mi chiese con un sorriso divertito.

«Perché voglio scrivere un libro battendo sui tasti della macchina come fanno i grandi scrittori, poi voglio rilegarlo e regalarlo a zii, parenti e amici».

Lui aveva immaginazione e sapeva ancora sognare nonostante il duro lavoro e le difficoltà quotidiane. Sapeva anche che i sogni andavano alimentati, sostenuti. I suoi come i miei.

Così non aspettò la fine dell'anno scolastico né che portassi a casa tutti dieci. Aspettò solo l'arrivo dello stipendio e dopo una giornata devastante di cantiere, era tornato con una grande scatola sotto il braccio e un sorriso che gli illuminava il volto stanco. Era come se quel giorno nel nostro appartamento fosse entrata insieme a lui una sferzante energia che colpì me quanto mia madre. Entrambe senza capirne bene il motivo avevamo interrotto quello a cui ci stavamo dedicando e gli andammo incontro. Lui ci baciò come di consueto, entrò in cucina e posò sul tavolo la grande scatola; poi guardandomi disse:

«È per te, Vittoria».

«Per me?»

Rimasi stupita, in casa nostra i regali entravano solo alle feste comandate: compleanno, Natale, anniversario di matrimonio, festa degli innamorati, ma quel giorno non era nessuna di quelle ricorrenze.

Con la coda dell'occhio intravidi mia madre contrariata.

Era evidente che neanche lei sapesse cosa conteneva la scatola. Percepii il suo terrore di dover contare su una somma inferiore a quella ordinaria mensile per far quadrare i conti fra la spesa, le bollette e gli inevitabili imprevisti. Lei e i suoi imprevisti.

Mio padre non la guardava. Guardava me e la scatola. Io guardavo lui, la scatola e mia madre dalla quale avrei voluto un segno, qualcosa che mi spingesse ad aprirla senza remore. Alla fine capii che quel regalo legava solo me e lui. Quasi un patto di sangue di quelli letti fra le pagine dei libri e che era talmente privato da escludere il resto del mondo. Anche mia madre.

Quando l'aprii, lei era lì in tutto il suo splendore: avevo la mia *Olivetti Lettera 32*. Il mio cuore si riempì di gioia, una gioia irrefrenabile che segnò la mia vita e saldò il rapporto con mio padre relegando mia madre in un angolo buio della casa.

«È tua».

Mi stropicciai gli occhi per essere sicura che fosse tutto vero e quando rimisi di nuovo a fuoco lei era ancora lì, semplice e meravigliosa.

A quel punto mia madre non c'era più, né lei né il suo sguardo arcigno e preoccupato. Non c'erano più i problemi economici né la pasta al sugo che inevitabilmente mi avrebbe accompagnata nelle settimane successive a pranzo e cena. C'ero io, la mia macchina da scrivere e il sorriso di mio padre.

3.
Nei giorni successivi non feci altro che scrivere. Di tanto in tanto sentivo mia madre che si lamentava con qualche vicina del mio schiribizzo di voler fare la scrittrice.

La cosa che ancora adesso mi ferisce, è il tono canzonatorio che le sentivo usare, quello delle donne del popolo che si spaccano la schiena di duro lavoro da così tanti anni che hanno dimenticato i sogni.

Sapevo che non credeva potessi essere diversa da lei, dai suoi genitori e ancora prima dai suoi nonni.

4.

Quando finii il liceo, durante una cena espressi il desiderio di iscrivermi all'università e mia madre in risposta mi disse: «A cosa ti serve studiare? Ho parlato con Gina e mi ha assicurato che metterà una buona parola con il marito per farti assumere al supermercato».

Posai la forchetta sulla tavola e la guardai incredula, poi mi voltai verso mio padre che mangiava in silenzio, con gli occhi bassi. Ebbi l'impressione che non avesse intenzione di mettersi contro di lei. Quantomeno all'inizio provò a rimanere fuori dalla discussione. Eppure percepivo un fremito, la sua mano stringeva troppo forte il tovagliolo e con la forchetta non riusciva a girare gli spaghetti.

«Io ho un sogno e per realizzarlo devo continuare a studiare».

Mia madre si muoveva sulla sedia, poi, alzando gli occhi al cielo esclamò:

«Come quella volta che abbiamo speso un decimo dello stipendio per comprarti quella stramaledetta macchina da scrivere?»

«Avevo undici anni e se vai in salone, nella libreria c'è un libro rilegato con la copertina rigida rossa scritto da me».

«E questo tu me lo chiami fare la scrittrice?»

Sbattei i pugni sul tavolo, buttai indignata il tovagliolo sul piatto e feci per andarmene.

«Vittoria vieni qui. Porta rispetto a tua madre».

La voce imperiosa di mio padre mi bloccò sulla soglia.

Avevo fremiti per il corpo e mi rimaneva difficile portarle rispetto. Come poteva remarmi contro?

«Torna indietro, ho detto!»

Lei si agitava sulla sedia e con tono petulante si lamentava di avere una figlia con i grilli per la testa. Tornai al tavolo, ma senza sedermi.

«Cosa vuoi studiare all'università?»

«Lettere».

«Quanti anni ci vogliono?»

«Cinque».

Il volto corrucciato di mio padre mi portò a rettificare: «Studiando sodo posso riuscirci anche in quattro».

«Tua madre è preoccupata, l'università costa».

«Ho l'esonero dalle tasse, sono uscita con il massimo dei voti».

«Anche i libri di testo saranno gratuiti?»

Abbassai la testa, con un filo di voce sussurrai un mesto no.

«Possiamo aiutarti mettendo sul tuo conto quattrocento mila lire all'anno, questo è il contributo che puoi avere da noi. Per il resto dovrai essere autonoma. Se proprio non ti interessa lavorare come commessa è compito tuo trovare un'occupazione che possa permetterti di studiare e sostenere le tue spese quotidiane».

Mia madre si irrigidì, probabilmente stava calcolando i tagli che avrebbe dovuto fare da lì a quattro anni per rimediare a quello slancio. Lui se ne accorse e puntualizzò:

«Sono soldi che stiamo mettendo da parte con l'idea di andare in vacanza a Venezia per i nostri venticinque anni di matrimonio».

Annuii rendendomi conto del grande sacrificio da parte di entrambi. Forse più per lei che ancora una volta veniva messa in secondo piano. Li abbracciai. Mia madre era più fredda di una statua di marmo mentre mio padre mi stritolava sotto le sue braccia possenti nonostante l'età.

5.
Stringo il libro fra le mani. Dovrei alzarmi dalla poltrona, ma non ne ho voglia. I ricordi mi tengono ancora qui e mi cullano.
Ho studiato, mi sono laureata e insegno lettere nei licei. Non ho il posto fisso e sono ancora precaria. Ho creduto in me e ho realizzato il mio sogno; insegno con passione, quella che mi ha trasmesso il mio professore all'università che spiegava con gli occhi che brillavano.
Sono riconoscente a mio padre che ha avuto fiducia fin dai tempi in cui gli chiesi una macchina da scrivere e che non ha mai avuto nulla da recriminare.
Devo ringraziare anche mia madre, nonostante sia sempre stata sul piede di guerra, pronta a rinfacciarmi qualsiasi cosa. Credo che in cuor suo abbia pregato più per un mio piede in fallo che per le mie vittorie.
Cosa ha contato di più, l'appoggio di mio padre o il rancore di mia madre?
Perché durante i duri anni dell'università fra studio e lavori part time non potevo arenarmi. Se lo avessi fatto, anche solo una volta, le avrei dato ragione: chi nasce proletario muore proletario.
Per tre estati avevo lavorato in un ristorante e con le mance che avevo messo da parte riuscii a regalare ai miei genitori il viaggio che tanto sognavano. Quando glielo offrii mio padre ebbe un fremito, gli occhi gli si inumidirono e nel dirmi grazie percepii una voce rotta dall'emozione.
Mia madre si limitò a dire:
«Se non avessi avuto tanti grilli per la testa non sarebbe stato necessario».

19.

LIDIA E LA PROMESSA RUBATA

«Svegliati, svegliati!»
La voce era insistente e, nonostante ogni mio sforzo per ricacciarla da dovunque essa provenisse, non c'era modo di farla smettere.
«Svegliati, svegliati!»
Una litania che proveniva da lontano e molto vagamente mi ricordava un suono familiare.
Mentre prendevo consapevolezza che la voce era quella di mio fratello, lo scenario meraviglioso del mio sogno si dileguò: la bionda Marta era sparita con il suo dolce e sensuale sorriso.
Aprii un occhio, la faccia di mio fratello era a pochi centimetri dal mio viso.
«Ce l'hai fatta. È mezz'ora che ti chiamo!»
Il suo alito puzzolente di latte e Nesquik mi entrò nelle narici e mi girai schifato dall'altra parte mentre con un braccio cercavo di allontanarlo da me.
«È sabato, non c'è scuola oggi. Lasciami dormire!»

«Proprio perché è sabato!»
Continuava a blaterare con la sua voce acuta di bambino.
«Non ti ricordi? La promessa!»
La promessa. Quale promessa?
Ficcai la testa sotto il cuscino e bofonchiai:
«Lasciami stare, chiedi a mamma».
«Ma mamma non c'è. Ci siamo solo io e te».
Mi tirai su confuso. La luce filtrava dalle tapparelle chiuse solo a metà. Fuori c'era il sole e questa mi sembrava la sola buona notizia da quando mi ero svegliato. Sbadigliai mentre il nanerottolo non riusciva a stare fermo con i piedi. Era vestito di tutto punto: dalla maglietta ai pantaloni alle scarpe. In testa aveva anche il suo cappello da esploratore.
«La promessa!»
Ancora con questa promessa. Ma io non ricordavo proprio nulla.
«Dov'è la mamma?»
«Come dov'è? Ma stai bene?»
Qualcosa non andava. Un vuoto nella mia testa non mi faceva ricordare nulla. Sapevo solo che era sabato, che non mi sarei dovuto svegliare presto e che il moccioso di mio fratello aveva interrotto il sogno più bello degli ultimi mesi: Marta era sparita insieme al prato, ai fiori e al bosco di querce.
«Ti ho preparato la colazione».
Mi disse con un sorriso complice.
«Tu?»
«Io. Il tuo caffelatte è sul tavolo in cucina con i biscotti e la spremuta d'arancia. Forse dopo colazione tornerai in te. Oggi è il grande giorno!»
Mi alzai stiracchiandomi, stavo infilando svogliatamente le ciabatte, quando mi ricordai che mamma non c'era. Tanto valeva approfittarne subito e camminare scalzo.

Arrivai in cucina, dove ad aspettarmi c'era la tavola imbandita di tutto punto. Certamente era un giorno speciale.
«Mamma ti ha lasciato un biglietto. Mi ha detto di fartelo leggere dopo colazione che tanto prima è inutile».
E mentre lo diceva se ne rimaneva impalato a guardarmi.
«Che vuoi ancora?»
«Niente».
«E allora non hai altro da fare che guardarmi?»
«Eh no. Sto aspettando te!»
«E allora aspettami in un'altra stanza. Mi infastidisce essere guardato mentre mangio».
Inaspettatamente non replicò e con un sorriso mi diede le spalle e se ne andò via. Credo che stesse acquattato dietro la porta, perché non appena finii di ingurgitare il mio caffelatte lo vidi spuntare fuori, sempre sorridente, con un biglietto fra le mani. Lo presi rassegnato.
Più che un appunto, era un intero foglio di quadernone scritto fitto fitto come era tipico di mia madre: logorroica anche nello scrivere. Con lei le parole non si esaurivano mai. Avrebbe potuto tranquillamente unire l'utile al dilettevole e cimentarsi nella scrittura di romanzi. La fantasia non le mancava e aveva un vocabolario talmente tanto immenso che, ne ero certo, sarebbe potuta diventare una famosa e ricca scrittrice di successo. Vedevo già tutte le donne attempate di mezza età come lei che si asciugavano gli occhi mentre leggevano di come Michael tornava con Flaminia dopo vicissitudini tristi, intrighi, corna e bugie.
E invece niente, mi ritrovavo solo ad avere una madre impiegata all'università. Rassegnato cominciai a leggere:
Buongiorno amore mio, considerando che questa notte hai spento la luce della tua stanza che stava quasi albeggiando... conoscendo il mio pollo... ti ricordo che questo weekend sarai tu a occuparti di tuo fratello.

A questo punto smisi di capire e le parole rimbombavano solamente nella mia mente. Man mano che andavo avanti il quadro prendeva vagamente forma. Non mi piaceva quello che stavo leggendo ma, seppur contrariato, continuai.

Raggiungo tuo padre... un weekend è quello che ci vuole... andiamo dai nostri amici sul lago... per te sarà un momento di crescita... la fiducia che abbiamo in te... sono certa che starete bene... non fate troppo tardi davanti al televisore... non guardate film violenti... il frigo è pieno di cose buone... le lasagne sono nel congelatore... mi raccomando... in forno ben caldo a...

Mi buttai indietro sulla sedia e rimasi in silenzio. La lettera seguitava ancora per una decina di righe, ma io avevo perso ogni interesse nei suoi consigli spassionati e fin troppo esaustivi. Il succo era che io e il nanerottolo saremmo stati da soli fino a lunedì mattina. Due giorni interi e, in quanto fratello maggiore, avrei dovuto occuparmi di tutte quelle cose che solitamente competono a mia madre.

L'occhio mi cadde sull'ultima riga dove, con una scrittura più accurata in stampato maiuscolo, mi ricordava:

LA PROMESSA.

Anche lei con questa parola che a me ancora non ricordava nulla. Mi alzai svogliatamente dalla sedia e raggiunsi il bagno. Mi lasciai andare alle mie incombenze mattutine e mi infilai sotto la doccia. Optai per farla fredda, così da schiarirmi le idee. Il moccioso cominciava a frignare per il tempo che stavo perdendo, ma solo così riuscii a venirne a capo.

Una settimana prima, mentre ero preso dalla battaglia all'ultimo sangue del gioco più in voga degli ultimi venti anni, mia madre aveva preso a parlarmi di qualcosa. Io rispondevo a monosillabi pur di assecondarla e speravo che uscisse prima possibile dalla mia stanza. Non era facile rimanere concentrato con lei che mi parlava mentre stavo lot-

106

tando per la salvezza del regno. Bastava una distrazione e il nemico avrebbe fatto breccia sulle mura della città. Certo. La promessa. Quella promessa che mi aveva fatto fare mentre riuscivo a bloccare gli arcieri e a far cadere barili di pece bollente sul nemico. Era un momento di vittoria, quello del gioco, ed esultai con un:

«Eh vai! Andiamo!»

«Sei d'accordo quindi?»

«Certo che lo sono».

«Allora è concordato?»

«Tutto quello che vuoi mamma».

«Il prossimo weekend farai da fratello maggiore».

Era andata così. La promessa che mia madre mi aveva scucito in un momento di debolezza pendeva sulla mia testa come la spada di Damocle. Le donne sanno sempre qual è il momento migliore per farsi dire di sì.

Con papà lo faceva durante le partite di calcio, riusciva sempre a farlo capitolare poco prima di una grande azione. Inutile ogni rivalsa da parte sua quando negava di aver dato il consenso a questa o quell'altra cosa. E se papà provava a rimbrottare che era distratto dalla partita, lei si girava la frittata dicendo che lui aveva sempre una scusa per non ricordare cose fondamentali per il sereno andamento della vita familiare. Mamma aveva dalla sua parte l'arte di usare le parole, papà il difetto di assomigliare più a un orso che a un essere umano quando si trattava di esprimere concetti che andassero al di là di frasi tipo: *Lidia cosa c'è da mangiare?* oppure *Lidia dove sono i calzini?* e ancora *Lidia la borsa del calcio l'hai preparata?*

Uscendo dalla doccia avevo le idee più chiare e cominciavo a veder svanire i miei sogni di gloria per il weekend che era appena cominciato.

Quando arrivai in camera, trovai sul letto t-shirt, pantaloni della tuta, felpa leggera, calzini di spugna e, accanto al tappeto, le scarpe da ginnastica.

Mio fratello era seduto sulla sedia e armeggiava con il suo zaino da giovane esploratore; controllava quello che c'era dentro.

«Che significa tutto ciò?»

Urlai esasperato mentre lui, con un sorriso a trentadue denti, rispose:

«Cerco di guadagnare tempo. Ti ho preparato i vestiti per la passeggiata lungo il fiume».

Notando il mio sguardo interrogativo proseguì:

«La promessa!»

«Ancora! E cosa altro prevede la promessa?»

«Ho preparato dei panini e mamma ci ha comprato la pizza prima di partire. Abbiamo due boccette di acqua e anche una coca-cola per uno. Ho messo dei ghiaccioli nello zaino per tenerle fresche e anche due merendine e un paio di mele».

«Ma per cosa?»

Urlai esasperato.

«Per la nostra giornata da esploratori lungo il fiume… mi hai promesso di portarmi fino al bosco di querce».

Quindi le promesse erano diventate due!

«Quando te l'ho promesso?»

«Quando stavi giocando con Giuseppe a *FIFA*».

«Ti ci metti anche tu?»

«A fare cosa?»

«A chiedermi le cose mentre gioco. Lo sai che non ascolto».

«Lo so. È per questo che te l'ho chiesto mentre giocavi».

Presi il cuscino e glielo scaraventai addosso.

«Così non può valere la promessa».

«Anche con mamma è andata così, giocavi a *DAoC*».

Appunto. Dopo diciassette anni di lotte per l'indipendenza

ecco che un moccioso di dieci anni scarsi, mi dà uno smacco. La sfortuna di nascere primogeniti.

«Non ti ci porto».

«E io lo dico a mamma».

«Questo weekend devi fare quello che ti dico io».

«Sì, ma hai promesso a mamma che avresti fatto il fratello maggiore e ti saresti occupato di me».

«Non le ho promesso di portarti al fiume, sono certo che mamma nemmeno vuole che ci andiamo!»

Di colpo il suo viso non aveva più il bel sorriso a trentadue denti, ma un'espressione imbronciata, gli occhi quasi sul punto di straripare in un pianto sconsolato. Mi guardò con rabbia e gridò:

«Alle undici ho appuntamento con Giovanni e sua sorella. Per colpa tua non potrò mantenere la parola data!»

«Cosa hai detto?»

«Che ho promesso a Giovanni di raggiungerlo al melo. Ho appuntamento alle undici».

«E poi cosa hai detto? Con chi viene Giovanni?»

«Con la sorella».

«Marta?»

«Sì, Marta. Ha una sola sorella Giovanni».

Nel sentire quelle parole mi ridestai e cominciai a chiedere: «Tu sei pronto? Hai controllato di aver preso tutto? Le biciclette hanno le ruote gonfie? Dai sbrigati che sennò facciamo tardi».

Tornai in bagno senza aspettare la risposta. Mi lavai meglio che potei i denti controllando che non mi fosse rimasto incastrato nulla della colazione, mi pettinai cercando di dare un senso al ciuffo ribelle che cercavo inutilmente di domare con il gel. Spruzzai un paio di volte il profumo di mio padre e passai il deodorante per le ascelle tre volte. Controllai la lunghezza dei pochi peli che mi crescevano sulla faccia e compiaciuto del risultato generale tornai in camera a vestirmi.

Alle dieci e mezza ero pronto per uscire. Il nanerottolo sapeva come farsi accontentare. Forse il weekend sarebbe stato più interessante di quello che avevo immaginato. Mai avrei pensato di dover ringraziare il moccioso.

Ritornai con la mente al sogno in cui Marta, seduta sull'erba, sorrideva mostrandomi denti bianchi e perfetti; gli occhi chiusi in due fessure e il seno che si muoveva cadenzato dal suo riso; io che le carezzavo i capelli lunghi, setosi e, scostandoli delicatamente, le baciavo il collo.

20.

CRISTIANA, PARADISO E INFERNO

1.
Cristiana guarda fuori dalla finestra. Sono tre giorni che è tornata a casa e già le manca l'aria. La stanza è diventata troppo piccola. Guarda la sedia a rotelle che occupa gran parte dello spazio libero accanto al letto. La trova ingombrante e, da quando è rientrata nel suo appartamento, preferisce starsene seduta sul letto.
Fuori il cielo è plumbeo. Il grigio si posa sopra ogni cosa andando a conformarsi con i suoi pensieri. *Ma che mondo è mai questo?* Continua a chiedersi mentre una rabbia sorda le cresce dentro. Le lacrime neanche provano più a bagnarle il volto perché le ha versate tutte.

2.
Quando si sentono certe cose alla televisione, non si ha modo di comprenderle davvero: sono solo immagini lontane e non fa differenza sentir parlar di morti, tette al vento, stupri o l'ultima operazione chirurgica della velina di turno.

Lo puoi capire solo se le vivi sulla tua pelle. Non succede, ma se succede?

3.

«Fra qualche mese possiamo intervenire con una plastica. Potrà tornare quella che era, anzi, cara Cristiana, le dirò di più, potrà scegliere il suo nuovo volto!»
Gli aveva detto il chirurgo plastico e, di lui, poteva fidarsi perché era considerato il luminare del centro Italia, l'esimio professor dottor Giammarco Belmondo. Prende lo specchio sul comodino accanto al letto e si osserva: intravede dietro le innumerevoli cicatrici ciò che rimane di lei. Eppure il volto potrà tornare normale, si chiede se lo stesso potrà valere per il suo cuore.
Era sopravvissuta. Un vero miracolo le continuano a ripetere, ma nessuno si chiede cosa ne pensi lei. Davvero era stato meglio sopravvivere?

4.

Torna con i ricordi a quello che era, a quello che aveva.

5.

Era fine marzo. Le giornate si stavano allungando e dopo il lavoro si concedeva lunghe passeggiate nel parco sotto casa con il cane.
«Aspetta Roy!»
Cercò di riprendersi dalla fatica della corsa poggiandosi con la schiena sul tronco scuro di un grande leccio e lasciò che il cucciolo di setter bianco e nero proseguisse la sua corsa.
Sorrise perché dopo anni di attesa era felice. Finalmente anche per lei era arrivato il momento di avere il cuore pieno di gratitudine: le piaceva il suo lavoro, le piaceva la sua casa vicina al parco, ma soprattutto amava e si sentiva amata.

6.

Quando era tornata a casa, si era abbandonata a un bagno caldo e rilassante. Prima di entrare nella vasca, mise nell'acqua alcune gocce di olio essenziale di lavanda e con una meticolosità esagerata accese una dopo l'altra tutte le candele. Quella sera sarebbe stata una serata speciale e lei voleva essere bella per lui.

7.

Era immersa nella schiuma e canticchiava a occhi chiusi Mina, *adesso arriva lui, apre piano la porta poi si butta sul letto e poi e poi...*
E lui era arrivato silenzioso, senza farsi accorgere le si era seduto accanto e si apprestava a insaponarla. Prima la schiena con movimenti lenti, ma decisi; poi il collo e lei glielo concesse tutto spostando il volto verso l'alto. Gli sorrideva e lasciava che le sue mani la toccassero e lui proseguì scendendo giù verso i seni mentre lei inarcava la schiena e i piccoli capezzoli si indurivano; poi scese più giù fino alla pancia, ai fianchi e ancora fino al sesso. Cristiana aprì le gambe, ma lui proseguì, giù lungo la gamba destra, fino al piede, lentamente e senza fretta, mentre lei fremeva a ogni tocco e desiderava che le sue mani tornassero a toccarla là, dove il piacere la lasciava senza fiato. Tornò a salire dal piede sinistro sempre più su, fino al suo sesso mentre il bacino si muoveva sotto il suo tocco. Dalla vasca fuoriusciva l'acqua e le candele si spensero. La lasciò ardere di desiderio mentre si spogliava ed entrava nella vasca. Salì sopra di lei e la penetrò. Danzarono di una danza ancestrale che andava oltre il tempo e lo spazio, al cui culmine raggiunse il cielo, con le sue stelle e suoi buchi neri, con il suo buio infinito e con la sua accecante luce.

8.
Attimo di felicità prima della caduta. Come Lucifero.

9.
Avevano programmato la cena a lume di candela da oltre
una settimana. Nel loro ristorante. In ricordo della serata
che, due anni prima, fu galeotta. Roy accucciato sul tappeto
guaiva.
«Non faremo tardi. Promesso».

10.
Le aprì la portiera, la baciò sulle labbra morbide e richiuse
lo sportello raggiungendo il posto del guidatore. Accese lo
stereo, *Tunnel of Love* si diffondeva dagli altoparlanti. Pochi chilometri da percorrere, giusto il tempo di una canzone, la loro canzone. Il semaforo divenne rosso, lui frenò
lentamente mentre lasciava il volante con la mano destra
cercando quella di lei.
Poi accadde l'imprevedibile.

11.
Dietro di loro un'automobile a velocità esagerata li tam-
ponò e li fece finire al centro dell'incrocio. La sua testa
venne sballottolata in avanti e poi nuovamente indietro sul
poggia testa. Un urlo le uscì dalla gola mentre la macchina
veniva sbalzata in avanti.
Un attimo di quiete e un nuovo urto, ancora più violento, le
fece sbattere la testa sul finestrino. Sentiva i vetri entrarle
dappertutto mentre le lamiere della macchina si chiudevano
intorno a lei.
Il corpo di lui poggiato sul suo petto. Fermo, immobile, riu-
scì a sussurrarle *ti amo*.
Poi il silenzio, il dolore, l'incapacità di muoversi, il sangue

che le bruciava negli occhi e lo sentiva in bocca e sul petto
e fra i capelli e sulle gambe. Caldo e viscoso.

12.

Quindici giorni di coma. Quattro operazioni in meno di sei
mesi. Riabilitazione per delle gambe che non ne vogliono
sapere di tornare a camminare nonostante i medici dicano
che non è stata lesa la spina dorsale.

I dottori dicono che la sua è una questione psicologica e
forse hanno anche ragione, lei voglia di camminare non ne
ha.

Valeva la pena camminare finché c'era qualcuno da tenere
per mano, ma lui non c'era più e a lei era rimasto un piccolo
pacchetto, con dentro un anello d'oro bianco. Lo avevano
trovato nella sua giacca, quella sera in cui stavano andando
a cena fuori, nel loro ristorante preferito. Quell'anello era
la promessa di una vita da vivere insieme.

13.

Alla televisione la notizia era passata come tutte le altre, fra
una *legge ad personam* per i politici corrotti e una scappa-
tella di troppo dell'ultimo tronista in voga:

«Nuovo incidente mortale che vede coinvolte tre macchine
a Roma sulla via Nomentana. La causa è stata la guida in
stato di ebbrezza di un giovane ventenne italiano che ha
tamponato una macchina ferma al semaforo a una velocità
sostenuta di centodieci chilometri orari nei pressi di un centro abitato.

La macchina tamponata è stata scaraventata nel mezzo
dell'incrocio dove è stata travolta da un'altra auto che so-
praggiungeva. L'autista è morto sul colpo, mentre la compagna versa in situazioni critiche».

14.
Roy è sdraiato accanto a lei, silenzioso. Vorrebbe che la sua padrona tornasse a muovere il guinzaglio, vorrebbe vederla alzarsi dal letto. È tanto tempo che non corrono insieme al parco. Però non dice niente, non guaisce, non chiede. Aspetta il momento.

21.

ELENA E LE FOTOGRAFIE SBIADITE

Elena le parole le ha perse lungo il cammino. Le ha perse in tutte quelle speranze infrante, in tutti quei sogni lasciati indietro perché la vita la spingeva avanti, verso un qualcosa di meglio che non è mai arrivato.

Finché era piccola poteva vivere della speranza che il domani sarebbe stato migliore. Finché era piccola poteva sognare qualcosa di diverso da quello che era il presente. Finché era piccola credeva che avrebbe potuto scalare qualsiasi montagna e si esercitava intanto scalando quella di fronte casa, quella che vedeva ogni mattina affacciandosi dalla finestra della sua camera.

Crescendo poi il metro di misura era cambiato, era diventata più alta e di quella montagna era rimasta solo una collina. Quando Elena grazie alla geografia aveva aperto gli occhi, aveva anche chiuso la porta della saggezza, quella sana e irresponsabile che è propria dei bambini.

Elena le parole le ha perse lungo il cammino insieme alle foto sbiadite di una vita immaginata in mille modi e oggi è stanca di correre. Ha perso non solo le parole ma anche la forza di andare avanti, protrarsi verso quel futuro che ormai è divenuto già passato. Ha corso così tanto a inseguire qualcosa che si è dimenticata di vivere davvero il presente e, quello che è riuscita a carpire di bello dalla vita, le è sfuggito troppo velocemente. Sono rimasti solo una manciata di ricordi e si trova con un piede in quello che è stato e non tornerà più e con l'altro in ciò che non c'è e che forse non ci sarà mai. Ma nessuno dei due nel presente.

Oggi Elena è stanca. Come se poggiasse sulla sua schiena il peso di aver vissuto mille anni. Oggi non sale sul convoglio della metropolitana: si è fermata molto prima della stazione, si è fermata sul fiume e affacciandosi dalla balaustra ha buttato in acqua tutte quelle fotografie sbiadite di un futuro che non è mai arrivato, di un presente che si è dimenticata di vivere, di un passato che non le interessa più.

Se ha perso le parole allora può decidere di liberarsi delle immagini. Ha bisogno di spazio: quanto ne acquista se libera il suo cuore? Forse può tornare a riprendersi il suo tempo, forse può tornare a vivere perché correre ogni giorno per assicurarsi un domani non è vivere. Sedersi a una scrivania otto ore al giorno non è vivere. Preparare di corsa una cena e consumarla davanti alla televisione accesa non è vivere.

Mette la mano in tasca ed estrae la prima foto: lei che canta, al posto del microfono un birillo. Ridono i suoi occhi di bambina mentre canta. Voleva diventare una cantante come quella che piaceva tanto alla sua mamma. Lascia cadere la foto che, trasportata da piccole folate di vento, cade sull'acqua increspata. Ne tira fuori un'altra: lei con i suoi genitori seduti su una coperta mentre fanno un picnic all'ombra di una grande ciliegio. La sua bocca è sporca di cerase appena mangiate. Ride anche in questa foto. E anche questa come l'altra cade giù. Una per una le tira tutte fuori dalla tasca gonfia di ricordi che le pesano. Una per una le guarda e le lascia andare: il suo primo amore, Giacomo, mentre tenendosi per mano si sorridono con il sole che tramonta dietro la linea dell'orizzonte; il giorno in cui si è laureata con in testa il cappello che aveva coperto la sua voglia di diventare una cantante; il giorno del suo matrimonio quando era convinta che cambiare casa le avrebbe ridato la forza di credere; lei mentre abbraccia suo figlio appena nato; suo figlio Enrico mentre sale in sella alla sua prima moto e sorride di quel sorriso che a lei ricorda quello di quando era bambina; Fabio, suo marito, mentre spegne le sue sessanta candeline dimenticandosi ancora una volta di esprimere il desiderio; lei con un'espressione di stupore strappata il giorno del suo cinquantacinquesimo compleanno quando suo figlio e suo marito le hanno organizzato una festa a sorpresa.

L'acqua del fiume scorre e porta via con lei quelle immagini che nella tasca di Elena pesavano davvero troppo. Il telefonino squilla nella sua borsa. Il presente la chiama. Sorride e pensa per un attimo di buttarlo nel cestino a pochi passi da lei. Poi decide di lasciarlo squillare senza occuparsi di chi la stia cercando perché oggi vuole vivere in solitudine, anzi vuole vivere appieno la solitudine. Dà un'ultima occhiata alle fotografie disperse. Qualcuna sta già affondando.

Si incammina verso i tavoli di un bar all'aperto, si lascia cadere sulla sedia di vimini mentre i raggi di una nuova primavera le scaldano il viso, le illuminano i capelli e arrivano fino al cuore di una bambina che una volta voleva diventare una cantante.

Passa un'automobile e dal finestrino abbassato la voce di *Mina* le fa tornare la voglia di cantare.

22.

LE FOGLIE DI PIETRO

L'aria era ferma, immobile. Neanche un soffio, seppur caldo, che muovesse una benché minima foglia. Pietro se ne stava sdraiato sull'amaca, all'ombra dei salici, ma qualche raggio passava attraverso i rami e le foglie e lui sudava copiosamente. A nulla valeva muoversi utilizzando la cordicella attaccata al tronco. L'umidità e l'afa e il suo umore non gli davano tregua.

Pietro aspettava. Aspettava che il sole andasse a nascondersi dietro le colline, aspettava che il lago s'increspasse almeno un poco e si augurava che la pioggia prima o poi cadesse sull'aridità di un'estate che non aveva portato a nulla di buono.

Quando era piccolo non c'era caldo che tenesse e il sudore che cadeva copioso da ogni poro della sua pelle non gli provocava alcun senso di fastidio. Con i suoi amici correva per i prati, distese infinite senza nemmeno l'ombra di una chioma. Billy, correva con lui e, nonostante la lingua penzolante, non lo lasciava mai solo.

Era stata sua madre a metterglielo alle calcagna. Se voleva uscire di casa, si doveva portare dietro Billy. Pietro adorava il suo cane e in fondo, troppo spesso forse, in quelle lunghe estati, era stato il suo unico vero amico. Gli altri amici, sovente, lo prendevano in giro per la sua abitudine di fissare il nulla.

La solitudine di allora però non era inquietante come ora e nemmeno la voglia di vivere era la stessa perché quando era piccolo Pietro era felice della sua vita. Allora bastava poco per esserlo.

Poi era cresciuto e si era ritrovato a passare giornate intere a sopravvivere. Sopravvivere in ufficio, perso nelle scartoffie di conti e progetti. Sopravvivere in casa cercando di evitare il più possibile contatti umani con i suoi coinquilini. Sopravvivere anche nei momenti di svago, come questo, in cui ciò che gli riusciva meglio era far passare il tempo.

Il tempo che passa non torna più.

Lo diceva sua nonna mentre lo vedeva scappare fuori, con un panino in una mano e una bottiglietta di acqua o gazzosa nell'altra. Mentre glielo diceva sorrideva dell'energia che, era certa, avrebbe portato il nipote molto lontano.

Lontano. Già, ma non come lo intendeva sua nonna.

Il ragazzo è intelligente signora, ma troppo introverso. Non socializza, non si applica. Passa giornate a fissare qualcosa di imprecisato fuori dalla finestra.

Pietro fissava le foglie, non qualcosa di imprecisato. Si perdeva nelle loro venature, nelle diverse tonalità di verde o arancione o rosso o giallo. Le osservava ancor prima che spuntassero, le vedeva crescere, cambiare colore e cadere lasciandosi guidare da piccole folate di vento.

Lontano come si era augurato sua nonna non ci era mai andato. Aveva lasciato la casa paterna, la campagna e Billy ormai vecchio e zoppicante, lui e il suo zaino, con lo stretto indispensabile e un quaderno dove aveva raccolto le foglie cadute. Le più belle.

Era approdato in una stanza in affitto, in una casa anonima abitata da persone che non avevano voglia di conoscersi. Pietro studiava, lavorava come lavapiatti in un ristorante di quart'ordine e continuava a fissare qualcosa di imprecisato. *Un tipo strano con la testa fra le nuvole,* dicevano di lui, ma Pietro era talmente perso a osservare qualcosa di imprecisato che non li sentiva nemmeno.

Era arrivato a laurearsi, aveva lasciato il ristorante di quart'ordine e aveva iniziato a lavorare in uno studio commerciale. Finalmente aveva un buon lavoro, una nuova casa, nuovi inquilini che risultarono migliori dei precedenti. Con loro si chiamavano per nome, a volte mangiavano insieme nell'angusta cucina e soprattutto Pietro aveva la compagnia di una grande quercia che protendeva i suoi rami fino alla sua finestra.

Pietro era andato lontano. Lontano dal suo paese, lontano dalle sue terre, lontano dalle sue foglie, non aveva prati sconfinati dove correre e forse era per questo che non aveva più fiato.

L'aria era ferma, immobile. Neanche un soffio, seppur caldo, che muovesse una benché minima foglia. Pietro se ne stava sdraiato sull'amaca, all'ombra dei salici, ma qualche raggio passava attraverso i rami e le foglie e lui sudava copiosamente. A nulla valeva muoversi utilizzando la cordicella attaccata al tronco. L'umidità e l'afa e il suo umore non gli davano tregua.

23.

ANDREA E IL CIELO GRIGIO LONDINESE

Avrebbe smesso di piovere prima o poi. Lo sanno tutti che non può piovere per sempre. Solo che dopo mesi di maltempo Susanna non ne era più tanto sicura. E nonostante il calendario annunciasse l'imminente arrivo dell'estate, poco più di due settimane, il cielo sembrava non voler smettere di mandar giù acqua un giorno sì e l'altro pure.

Lei che aveva scelto di vivere in Italia proprio per il suo clima soleggiato, si ritrovava a uscire tutti i giorni con l'ombrello.

Non aveva forse rotto con Andrea, il suo ex, quando le aveva annunciato che aveva trovato lavoro a Londra?

«Un posto vale l'altro quando ci si ama, non trovi? Ancora di più se consideri che andrò a lavorare per una delle più importanti società inglesi. Mi hanno offerto uno stipendio da capogiro, un appartamento, la macchina aziendale e il telefono della società. Come puoi non essere felice per me? Per noi?»

Susanna non aveva risposto nulla, si era limitata a girare la testa dall'altra parte, ma adesso, a pensarci bene Andrea non aveva poi tutti i torti. Se solo lo avesse amato!

Adesso si troverebbe nella grande metropoli dal cielo costantemente grigio, uscirebbe un giorno sì e l'altro pure con l'ombrello, ma vivrebbe come una signora senza doversi alzare alle quattro per andare a lavorare.

Invece si era appellata alla necessità di vivere in un posto caldo, con il sole per gran parte dell'anno e, dopo un lungo silenzio senza nemmeno guardarlo in faccia, distrattamente disse:

«A Londra non c'è il sole. Piove tutti i giorni e la temperatura non supera i venti gradi. No, non posso venire con te. Rimango qui. Non puoi fare il pendolare?»

«Pendolare? Mica vado a lavorare a Milano! Cosa ti spinge a rimanere qui? La precarietà? I politici corrotti? Una pensione che rischi di non arrivare a prendere? Londra è la nostra occasione!»

Non le interessava la precarietà. Lei non era più precaria, aveva fatto il salto di qualità e poteva vantare un lavoro a tempo indeterminato. Era entrata a lavorare all'*Ama* e tutte le mattine andava a spazzare le strade dai rifiuti che il popolo di Roma si dimenticava di buttare nel cestino. Ci aveva fatto *il callo* e ormai nemmeno si arrabbiava più contro l'inciviltà delle persone.

Non seguiva la politica. Tutti erano corrotti e lei nemmeno andava a votare. La pensione non sa se l'avrebbe mai presa, ma Susanna non era in grado di guardare a un futuro così lontano.

Se solo lo avesse amato forse il tempo non sarebbe stato un problema anche se ora, con la pioggia che imperversava costantemente sullo stivale, la lettera del suo ex aveva fatto breccia e i suoi pensieri cominciavano a prendere direzioni nuove.

*A Londra il cielo è sempre grigio. Avevi ragione, mancano
anche a me l'azzurro e i raggi del sole. Quando vivevo a
Roma li rifuggivo, ma ora li cerco. Camminare sotto il sole
diventa piacevole.*

*Ogni volta che succede, cioè ogni volta che non piove,
penso a te e a quanto sei meteoropatica. Oddio, se proprio
devo dirtela tutta, penso a te e a quanto sei meteoropatica
anche quando piove.*

*Mi manca il sole, ma soprattutto mi manchi tu. Mi piace-
rebbe che tu venissi a trovarmi, così ho pensato di allegarti
un biglietto per Londra e, se anche io sono nei tuoi pensieri
come tu nei miei, approfitta e vieni da me.*

*Per non rischiare di farti mancare l'aria ho preso un bi-
glietto aperto. Puoi fermarti quanto vuoi, devi solo decidere tu quanto. È un ottimo modo per sondare il terreno,
per stare nuovamente insieme dopo due anni di lontananza.
Magari ti accorgi che, quando vivi con la persona che ami,
il tempo non è poi così male.*

Andrea

Grigio per grigio, tanto valeva partire. Andata e ritorno. Un
ottimo modo per saggiare il terreno e, mentre pensava a
cosa sarebbe stato meglio fare, un raggio di sole uscì da
dietro le nuvole.

24.

IL NATALE DI FRIDA E NEREO

Come ogni anno a dicembre si trovava a combattere fra quello che avrebbe voluto fare e quello che invece avrebbe fatto per far felice suo marito e i figli. Ogni anno si ritrovava a recitare la sua parte nella bella famiglia felice al pranzo di Natale: con i suoceri, con i cognati e le cognate. L'unico che le piaceva davvero era Nereo, il suocero, schietto e sincero: la guardava dritta negli occhi, non li abbassava mai. Di poche parole con tutti, ma non con lei. Trovava sempre la voglia di parlare, di raccontare della sua gioventù.

Se ne stavano da una parte, vicino al camino, Nereo sulla sua sedia a rotelle perso nei ricordi di una vita che non era andata come avrebbe voluto, Frida intenta a trovare il modo per farla ancora andare come aveva sempre sognato pur avendo dubbi su una probabile riuscita.

Si chiedeva come facessero a stare insieme, lui e la moglie. Così diversi in tutto: lei seria, mai un sorriso, mai un abbraccio; lui solare nonostante le gambe che non lo sorreggevano più. Quando la suocera esagerava e la trattava male, Nereo era sempre pronto a consolarla come fosse sua figlia. La figlia che non aveva mai avuto.

«Non farci caso. Con la vecchiaia se ne vanno i pregi e rimangono solo i difetti. Però ti assicuro che quando era giovane sapeva far girare la testa. Eccome».

Frida lo guardava e sorrideva. Avrebbe voluto poter essere in un angolo di quel passato che lui raccontava. Se solo le fosse riuscito di immaginarla felice e sorridente, forse avrebbe anche potuto comprenderla e mettere da parte le ostilità.

«Una volta il Natale piaceva anche a me» disse con un velo di tristezza negli occhi.

«E poi cosa è successo?»

«Non lo so. Sono cresciuta, la magia se n'è andata e queste feste sono diventate solo un grosso peso. Un obbligo del quale farei volentieri a meno».

«Perché non ci vedi come la tua famiglia».

«No, non è per questo».

«Non ci rimango male. Sarebbe da ipocriti affermare il contrario».

«Ma io con te sto bene».

«Oh lo so, anche io sto bene con te. Mi piacciono le nostre chiacchierate. Gli altri pensano che ormai sia fuori di testa solo perché sto su una sedia a rotelle e nemmeno si avvicinano più. Mi vedono come un peso. Non si accorgono che il peso se lo portano dietro loro. Ce l'hanno zavorrato ai piedi e radicato nella testa».

«Ma stai parlando della tua famiglia!»

«E con questo?»

«Ti vogliono bene».

«A modo loro. Certo».

La donna si girò verso gli altri. Le nuore erano intente ad

apparecchiare. Serie e meticolose. Il marito e i cognati parlavano animatamente dell'ultimo acquisto della squadra di calcio. Animati e vuoti.

«Non ridono!»

«Già, non ridono».

Dall'altra stanza la suocera la chiamava a gran voce intimandole di aiutare.

«Frida, sei l'unica che se ne sta con le mani in mano!» Si stava alzando. Quando suo suocero rispose per lei.

«Non può venire. Mi sta aiutando a ricordare quanto sia bello ridere».

Nella stanza cadde il silenzio. Le nuore si guardavano interrogative. I figli spostavano lo sguardo ora su di lui ora su di lei.

Dalla cucina si sentirono sbattere gli sportelli della credenza.

«Non cambia mai. Da quando la conosco, ogni volta che si arrabbia prende a sbattere sportelli e porte. Ma a noi cosa importa. Cosa stavamo dicendo?»

25.

SERENA E I SUOI PERCHÉ

Serena non riesce a non fare domande, a volte forse stupide, ma è più forte di lei. Direi che fa parte del suo modo di essere. Da sempre. Fin da quando era piccola e in macchina era un continuo chiedere a papà e mamma:
«E perché?»
Perché di tutto: del sole che scaldava la terra e della luna dalla sua luce bianca e poi ancora delle stelle e delle stagioni per poi passare ai semafori rossi e alle strade e alle distanze. Per capire. Nonostante le risposte dettagliate non sempre riusciva a comprendere. Era sicura ci fosse qualcosa che andava oltre e che univa il sole al colore verde del semaforo.
«Ma se la Terra è tonda perché chi abita nella parte bassa non cade sul cielo?»
E alla fine, quando al perché non c'era un perché, era così e basta, la mamma e il papà la liquidavano con un:
«Serena, perché due non fa tre».
Adesso che è cresciuta le domande sono sempre lì solo che

ora le risposte le deve trovare da sola.

Anche nel pieno della felicità, quella a cui tutti anelano e non sempre trovano, lei è lì che fa le sue domande. A volte anche impertinenti. Per capire nel profondo la persona che ha di fronte, per avere la certezza che quello che legge dentro i suoi occhi o nei suoi gesti, sia davvero quello che l'altro prova.

Come quel caldo pomeriggio di qualche anno prima, quando stesa sul letto accanto al suo compagno cercava un po' di fresco sotto al ventilatore:

«Ma quando stavi con lei l'amavi?»

«Forse non era amore. Altrimenti non sarebbe finita».

«Ma finché eravate una coppia credevi di amarla. Adesso credi di amare me, ma se fra noi finirà, dirai che non mi hai mai amata?»

«Non lo so. Non ci penso».

«Io invece ci penso. E sai cosa credo? Io credo che l'hai amata. Poi non so dove sia andato a finire l'amore. Io il mio ex l'ho amato e ancora lo amo, in modo diverso. È un affetto per quello che è stato e non c'è più. Trovo triste amare una sola persona, l'amore mica può essere esclusivo. In fondo non ami tua madre, tuo padre e tua sorella e tuo fratello e i tuoi amici e il cane e il gatto? Non ti preoccupi per ognuno di loro? Non ti auguri che stiano bene e che possano vivere felici e superare le difficoltà?»

«Sono affetti differenti».

«No, è lo stesso amore. E quando nascerà nostro figlio lo amerai e non smetterai mai, nemmeno quando ti griderà in faccia che non sei stato il padre che avrebbe voluto».

«Non è detto che lo dica».

«Tutti i figli a un certo punto della loro esistenza rifiutano i propri genitori. Lo hai fatto tu, l'ho fatto io. È fisiologico. Negare per imparare a conoscersi».

Poi Serena smise di parlare, ma aveva continuato a guardarlo di sottecchi senza farsi notare: era intento a osservare fuori dalla finestra e aveva visto il suo sguardo perdersi nel ricordo di tutte le persone che aveva amato e che ora non facevano parte della sua vita e, allo stesso tempo, ancora ne facevano parte. Però era sicura che se glielo avesse chiesto le avrebbe detto che non era così.

Quel giorno aveva imparato che può fare tutte le domande che vuole, ma non sempre le risposte corrispondono a quello che davvero l'altro pensa. Non si tratta di bugie o celate verità, è semplicemente che non sempre si è in grado di rispondere e, forse, quello che conta di più sono le domande.

«Perché?»

«Perché due non fa tre».

26.

DANIELE E GLI AMICI DI BEVUTE

Daniele vaga per il quartiere popolare. Il suo volto è gonfio come la sua pancia e i suoi occhi sono perennemente offuscati e rossi. I posti che frequenta sono sempre gli stessi: il discount, la pizzeria al taglio, il negozio di prodotti tipici romaneschi, i tre bar della zona. Tutti questi posti hanno in comune che vendono alcolici: birra tendenzialmente, ma può andare bene anche il bricco di vino di qualità scadente. Nel suo vagare incontra di tanto in tanto Francesca. Lei lo saluta sempre e lui risponde con il suo sorriso migliore e gli occhi si chiudono in una fessura. Lei non gli chiede mai come va perché è saggia e sa che non va affatto bene.

Si conoscono da una vita, ma sembra che sia passato molto di più. *Una vita fa,* pensa Francesca quando lo incontra, ma non lo dice. Lo saluta e se ne va.

Fa male a entrambi incontrarsi. Fa male a lui che si specchia negli occhi limpidi di lei e fa male a lei che non riesce proprio a capire come lui possa aver buttato la sua vita.

Andavano alle scuole medie insieme, erano adolescenti che

132

avevano una vita davanti, dove il futuro era lontano e si poteva sperare di cavalcare l'onda delle proprie esistenze. Quella vita fa in cui ancora puoi pensare che il mondo è lì che aspetta te per elargire i suoi doni.

Francesca era innamorata di Daniele e come tutte le persone innamorate vedeva le potenzialità di quel ragazzo dal corpo atletico e dalle mani divine che disegnavano fumetti con lo stile dei manga giapponesi. Francesca era innamorata di quel ragazzo che sapeva parlare, avrebbe fatto il fumettista e sarebbe diventato insegnante di judo perché lui lo praticava tre volte alla settimana. Francesca era convinta che avesse tutte le carte in regola per mangiarsi la vita e nelle loro frequentazioni sporadiche fuori scuola e anche dopo, quando le loro vite avevano preso strade diverse, lei lo incitava a disegnare e gli proponeva corsi di disegno che lo avrebbero indirizzato e forse gli avrebbero dato la consapevolezza della sua bravura.

Daniele vaga per il quartiere e ogni volta che incontra Francesca prova vergogna per non essere riuscito a spiccare il volo come lei si immaginava. Francesca ogni volta che lo vede prova imbarazzo perché non riesce a sovrapporre l'immagine di quel ragazzo con l'uomo che è adesso: è troppo forte la dissonanza e non ce la fa a comprendere la sua caduta. Daniele è in pizzeria, sta prendendo una Peroni grande da dividere con gli amici di bevute lì fuori. Francesca è con il marito a comprare della pizza.

Si salutano e lui tira fuori il suo sorriso migliore, socchiude gli occhi.

«Come va? Tutto bene?»

Chiede.

«Non ci lamentiamo».

Risponde il marito di Francesca.

«Mi fa piacere» poi, guardandoli profondamente con i suoi

occhi annebbiati, continua: «Siete belli e il tempo non vi ha fatto invecchiare. Passate una bella serata».

E prendendo la sua birra torna dai suoi amici di bevute.

PARTE SECONDA

Certi ricordi sono come amici di vecchia data.
Sanno fare pace.

Marcel Proust

1.

IL GRANDE CERCHIO

1.
Si lascia il palazzo a vetri alle spalle. Ha chiesto un giorno
di permesso, ma non glielo hanno dato adducendo che non
ne aveva motivo. Piccata si è alzata dalla sua postazione e
se n'è andata senza nemmeno preoccuparsi di finire il turno.
Ha lasciato il suo superiore che sbraitava in tutte le lingue.
*Forse mi hanno licenziata o magari avrò una lettera di ri-
chiamo*, ma invece di preoccuparsi di quello che potrebbe
succederle si ritrova a ridere.
Si sente leggera, essere andata via da quel palazzo senza
permesso la fa sentire libera: dopo anni di testa china e di
speranze infrante ha di nuovo il coraggio di scegliere e ancora una volta deve ringraziare *lui*.
Mentre sale sul treno i ricordi la riportano a quando era una
studentessa e il professore, nel revisionare la sua tesi, aveva
avuto tanta pazienza e il giusto puntiglio per farle tirare
fuori il meglio di sé.

2.

«Come sarebbe a dire che devi partire? Io sono appena arrivata e sono qui per te!»

Lo dice urlando e lui ne è infastidito.

«Non potevo certo immaginarlo. Queste cose non ti danno il preavviso. Così va la vita. Converrai con me!»

Lei è contrariata: è arrivata da due ore in questa città grigia, si è già bagnata come un pulcino e le previsioni sono di pioggia per tutta la settimana. Non vuole rimanere sola. È venuta per lui!

«Puoi rimanere qui e aspettare il mio ritorno mentre te ne vai in giro per la città a fare la turista».

Le dice abbracciandola stretta, ma lei si divincola.

«Ti rendi conto di quello che mi stai dicendo? Mi scrivi di raggiungerti. Io ho stravolto la mia vita e ora che siamo di nuovo insieme tu prendi e parti».

«So cosa ti sto dicendo, ma cerca di capirmi. Sai quanto è stato importante nella mia vita. Se sono qui è per merito suo, per i suoi consigli spassionati, per la sua testardaggine nel credere in me anche quando io non mi davo *due lire*. Non posso mancare. Se non vuoi rimanere sola, accompagnami. Sei libera di scegliere».

«È più importante di me?»

«Non puoi chiedermi di scegliere fra te e *lui*».

3.

Poggia il telefono sul tavolo ed esce dalla roulotte. Fuori l'aria è tiepida e il silenzio del campeggio vuoto aggiunge tristezza alla tristezza. Con passi decisi raggiunge la spiaggia, si toglie le scarpe e cammina a piedi nudi sul bagnasciuga. Le onde si infrangono sulla battigia e raggiungono i suoi piedi.

I ricordi la riportano indietro di qualche anno quando seduti

137

nella taverna gli spiegava le sue intenzioni:
«Si fidi di me. Questa casa ha bisogno di un tocco femminile. Non le stravolgerò le stanze, ma apporterò piccole modifiche che la renderanno più accogliente e luminosa».
L'uomo la guardava divertito e lei poteva vedere l'ilarità nei suoi occhi mentre le rispondeva:
«Mi fido di lei *signorina che rincorre il tempo*. Dia quel tocco che manca alla casa».

4.

Ha appena concluso la telefonata e, senza neanche pensarci su, ha deciso che domani rimarrà sdraiato sul divano. In fondo era solo un conoscente con cui aveva condiviso sei mesi di corso per smettere di fumare. Non avevano nulla in comune oltre il vizio delle sigarette. *Che poi, visto come sono andate le cose, sono stati solo soldi buttati! Chissà se anche il vecchio aveva ripreso a fumare.*
Non lo avrebbe mai saputo e, a questo punto, neanche gliene importa molto. Allunga annoiato la mano verso il pacchetto di Chesterfield e si accende una sigaretta.

5.

Si sono riuniti nella grande casa bianca. Hanno deciso di aiutarla a occuparsi dell'accoglienza. L'idea è di organizzare una grande festa e sono tutti d'accordo che *lui* avrebbe apprezzato.
Le tre donne sono intente a preparare rustici e pizze ripiene approfittando del grande forno della taverna. Anche la ragazzina dà loro una mano e copia i gesti della nonna. Non lasciano niente al caso e hanno stilato una lista di cibarie da preparare: nel forno sta già cuocendo la crostata di marmellata di rosa canina, di cui *lui* era sempre stato ghiotto.
I tre uomini invece sono silenziosi. Tutti persi nei ricordi di

momenti vissuti con *lui* durante gli anni e si stupiscono di conoscerlo da così tanto tempo. Ogni tanto alzano gli occhi velati di tristezza e si guardano, qualcuno pensa al tempo trascorso e si chiede quanto gliene rimanga.

Lei entra trafelata nella sala. Si guarda attorno, posa lo sguardo sulle donne intente a cucinare, sulla figlia che prova a tagliare le zucchine, sul padre dall'aria stanca e nota che l'azzurro dei suoi occhi è velato di una tristezza infinita; le rughe sembra siano aumentate nelle ultime ore e il suo corpo le appare un contenitore che non riesce più a contenere.

Nonostante gli occhi sempre più rossi dal pianto, sorride a tutti i presenti lasciando trasparire riconoscenza. Fa un colpo di tosse per attirare l'attenzione:

«Sono stati avvisati tutti. Qualcuno si è già messo in viaggio».

6.

Al suo rientro lo trova seduto in giardino. I bambini urlano e si rincorrono e lei distrattamente lo saluta. Sta entrando in casa quando si accorge di non aver avuto risposta. Lascia a terra le buste della spesa, invita i figli a posare gli zaini nelle loro camere e ritorna sui suoi passi.

Lo trova perduto a fissare il vuoto con gli occhi lucidi. Si avvicina e si siede sul bracciolo della sedia in legno.

«Tutto bene?»

Gli sembra che la voce della moglie provenga da molto lontano e solo dopo qualche secondo sposta lo sguardo incrociando il suo.

Lei abbozza un sorriso, sulla guancia sinistra l'immancabile fossetta, ma oggi non può essergli di conforto. Prova a parlare, ma la voce non esce. Nonostante le mille immagini che gli invadono la mente, le parole non riescono a esprimere il dolore che sta vivendo. È perso in quelle immagini di lui fuori dallo *smorzo*, del suo primo ingaggio quando l'anziano signore lo aveva portato nella sua grande villa bianca per i primi lavori di muratura. *Lui* e il suo sorriso, *lui* e la totale fiducia che aveva dimostrato offrendogli un lavoro prima come muratore e poi come giardiniere perché le sue aiuole avevano bisogno di qualcuno che le sapesse amare. Era stato per mezzo del professore se aveva riacquistato la dignità perduta qualche anno prima.

La moglie gli prende le mani e lo esorta a parlare, lui la guarda mentre silenziose lacrime gli rigano il volto.

7.

«Hai deciso di andare?»

Glielo chiede con apprensione, considerando l'età e i tanti chilometri che dovrà percorrere da solo.

«Come potrei non andare? Tu saresti contenta se una tua amica non venisse?»

«Che domande mi fai! Mi dispiacerebbe un pochino, ma poi alla fine capirei!»

Lui scrolla la testa in segno di dissenso.

«Io la considero una questione d'onore. Comunque ho sentito mio nipote: si è offerto di accompagnarmi».

La vede tirare un sospiro di sollievo.

«Ti senti più tranquilla adesso?»

Lei accenna un sorriso, poi esclama:

«Con tuo nipote starebbero tutti tranquilli: non beve, non fuma ed è così serio e disciplinato che sono certa non supererà nemmeno i limiti di velocità».

Ridono entrambi, poi l'uomo entra in casa e si versa un goccio di grappa.

«Ma che fai bevi prima di partire?»

«Sono vecchio e rimbecillito da tempo e non sarà la grappa

140

a peggiorarmi».

8.
«Mio fratello è in viaggio. Atterra a Fiumicino fra due ore». Gli dice mentre mescola il liquido rossastro nei bicchieri. Lui la guarda senza dirle nulla e intanto cerca di legarsi i capelli in una coda per evitare che continuino a ricadergli davanti agli occhi.
«Dovresti accorciarli un po'».
Gli dice porgendogli il bicchiere di spritz.
«Dovrei fare tante cose» risponde, «e tagliarmi i capelli è l'ultimo dei miei pensieri».
Prende il bicchiere e alzandolo propone un brindisi:
«Alla vita che se ne va!»
Lei annuisce mentre una lacrima le riga il viso. Pensa allo zio e ai momenti vissuti insieme, poi rivolgendosi al compagno lo informa che partirà oggi stesso dopo aver preso il fratello all'aeroporto.
«Non devi essere lì per domani?»
«Vogliamo raggiungerlo prima possibile».
Lui sorride e le risponde freddo:
«Di certo non scappa!»
Lei ride, un riso forzato.
«Non si può mai dire con *lui*».

9.
Abbassa la serranda del negozio e si avvia verso la stazione senza la necessità di passare dall'appartamento. *Questo è il privilegio di essere single, non bisogna dar conto a nessuno delle proprie scelte*, pensa sorridendo cinicamente fra sé e sé.
Non gli è neanche balenato nella testa di rinunciare all'invito anche se è rimasto sorpreso di rientrare nella cerchia

141

delle persone care.

In fondo era sempre stato una persona fuori dalle righe e non è un caso che anche con lui abbia giocato a *che canzone sei*.

Ricorda quando entrò per la prima volta nel suo negozio, con la coppola in testa e quegli occhi vispi e attenti dietro alle lenti quadrate. Aveva l'aria distinta di un signore anziano, ma percepiva che la sua anima sapeva affrontare la vita con la curiosità di un bambino.

Lo aveva capito subito e lo scrutava con discrezione pronto ad aiutarlo nella scelta, ma non ce ne fu bisogno perché si muoveva fra gli scaffali, leggendo attentamente le didascalie fino ad arrivare a quello della musica degli anni cinquanta americana. Prese a tirar fuori con delicatezza album dopo album fino a sorridere nel momento in cui si ritrovò nelle mani *Roll over Beethoven* di *Chuck Berry* il singolo del 1956, pubblicato dalla *Chess Records*.

Fu in quel momento che ebbe la conferma di quanto fosse una persona fuori da qualsiasi schema. Colta, aperta nonostante l'età e sicuramente simpatica. Chi ama Chuck Berry non può che essere così.

10.

Gli è piombata nell'appartamento in barba alla buona educazione di annunciarsi, magari con una telefonata.

Lei sa di poterlo fare e forse lui non stava aspettando altro che di farsi stravolgere la vita.

«Ti davo per dispersa!»

Lei sorride e gli stampa un bacio sulla guancia.

«Non potrai mai liberarti di me, sono peggio della tua ex moglie».

La invita a entrare. Lei rimane interdetta, prende a muoversi pur stando ferma sull'atrio.

«Si può sapere che hai?»

«Dobbiamo partire».

Alza gli occhi al cielo. Non può credere alle sue orecchie. La storia si ripete!

«Tu forse devi partire. Io ho un cliente che mi aspetta fra due ore a studio».

«Chiama e digli che hai avuto un contrattempo, anzi fai una cosa, sposta tutti gli appuntamenti della settimana».

La guarda con cipiglio:

«Ti rendi conto di quello che mi stai chiedendo? Non siamo più dei ragazzi spensierati. Sto preparando una causa e lunedì avrò la prima udienza. Il mio cliente rischia di andare in galera!»

Lei lo guarda con i suoi occhi da cerbiatta, leggermente lucidi e riesce anche a far uscire una lacrima. Lui si chiede se sia una tattica per intenerirlo.

«Hai ragione, ma io ho bisogno di te. Non posso andare da sola e poi, anche tu sei stato suo amico. Non dimenticarlo».

«Mi sono perso qualcosa? Di chi stai parlando?»

«Non hai ricevuto la telefonata? Ti dovrebbe aver chiamato dopo aver attaccato con me. Non dirmi che non rispondi al telefono?»

«Quando non sono in ufficio non mi piace rispondere ai numeri che non conosco».

«Metti qualcosa in valigia, ho lasciato la macchina in doppia fila. Hai scelto un quartiere dove è impossibile trovare un parcheggio».

11.

Chiama il marito per informarlo dell'accaduto. Le risponde annoiato e non sembra neanche dispiaciuto. Come se in tutti questi anni non avessero vissuto parte delle loro vacanze a condividere interi pomeriggi e cene con *lui*.

Si dice che non c'è da stupirsene e ancora una volta le balena l'idea che deve trovare il coraggio di lasciarlo; non solo perché non si accorge di lei preferendo perdersi davanti allo schermo della televisione, ma perché vive del riflesso di se stesso e delle sue necessità. Poco importa se poi nella sua esistenza ci sono anche una moglie e due figli, parenti, amici e colleghi. Quelli sono funzionali solo se nutrono il suo ego.

«Ho deciso di andare. Ho già preso un giorno di permesso. Porterò i bambini a scuola e partirò. Se tu non pensi di venire ricordati di prenderli all'uscita e di accompagnarli a calcio».

«Devi proprio? Ti bruci così un permesso? Alla fine è solo un conoscente!»

Non riesce a crederci, vorrebbe mandarlo *a quel paese*, ma si trattiene.

«Per te forse, io l'ho sempre considerato un caro amico. Mi conosce da quando ero poco più di una bambina e ha sempre telefonato per farci gli auguri a Natale, a Pasqua e ai compleanni. Compreso il tuo! Un conoscente non ha tutte queste attenzioni».

Non aspetta una sua risposta e chiude con rabbia la conversazione.

12.

È ancora sobrio quando riceve la telefonata e questo lo aiuta a ricordare di chi stia parlando la donna dall'altra parte.

Per lui è tornare indietro di troppi anni e si commuove all'idea che per tutto questo tempo, il surrogato di quel padre che non aveva mai avuto, lo avesse tenuto nel cuore e pensasse a lui di tanto in tanto augurandosi che avesse finalmente trovato la sua strada.

Quando era poco più che un adolescente aveva pregato in

cuor suo che la madre permettesse a quell'uomo dai modi gentili e dallo sguardo attento di entrare a trecentosessanta gradi nella sua vita. Speranze infrante di chi crede di non meritare l'affetto perché nessuno glielo aveva mai dato prima di allora. Si ripromette di non bere fino al giorno dopo, si dice che ce la può fare. Glielo deve, se lo deve.

13.
Chiama il fratello mentre si chiede se la notizia lo abbia già raggiunto. Il telefono squilla, ma non trova risposta. Se lo vede impegnato in una visita, magari sta guardando le *tette* scese o piccole di una delle tante donne insoddisfatte che sperano di ritrovare se stesse rifacendosi il seno.
Che abisso fra lei e il fratello. Lo zio diceva sempre che era dovuto alle troppe domande che lei faceva spesso per colmare quelle che lui si dimenticava di formulare.
Così diversi eppure così uguali nel legame che li unisce allo zio sempre presente e amorevole, di quell'amore incondizionato che ha saputo essere severo al punto giusto.
Quell'amore che aveva portato sua madre a esserne gelosa fino alla fine dei suoi giorni perché *lui* sapeva arrivare al cuore dei nipoti laddove lei come genitore non era in grado.
È persa nei ricordi del passato quando lo squillo del telefono la riporta alla realtà:
«Ti passo a prendere, sto lasciando lo studio fatti trovare pronta».
Questo ama di suo fratello, saper dare la giusta priorità alle cose. Prende la valigia e scende ad aspettarlo in strada. Suo marito e il figlio la raggiungeranno domani con calma, ma lei ha bisogno di andare ora.

14.

Si chiede se le cose fra loro sarebbero potute andare diversamente. Aveva creduto che, nonostante tutto l'amore che le aveva dimostrato, non ci fosse abbastanza posto per lei e per un futuro insieme.

Era stata arrabbiata con *lui* per la sua necessità di circondarsi di mille persone dando a ognuna la giusta importanza. Temeva che accanto a un uomo dalla mente brillante e dal cuore grande non ci fosse abbastanza spazio per una famiglia che lo avrebbe recluso in uno spazio troppo piccolo.

Per tutti questi anni ha creduto che fosse solo un ricordo lontano, il ricordo sbiadito di una giovane ragazza che doveva ancora imparare a camminare nel mondo mentre *lui*, molto più grande, la sua strada l'aveva già trovata.

Si guarda allo specchio, il volto rigato di lacrime. Non è ancora così vecchia, in fondo ha sempre avuto vent'anni di meno... anche se adesso se ne sente improvvisamente cento di più. Cerca di asciugare le lacrime, ma subito altre due scendono in picchiata dagli occhi. Si siede, prova a controllare il respiro. Non vuole piangere, esattamente come non ha mai voluto ammettere a se stessa che lo ha amato. Il loro era un sentimento troppo grande e lei ne aveva avuto paura, ecco, questa era la sola verità: perché *lui* era troppo grande per lei e non per colpa dell'età.

Nella sua testa, aveva avuto l'astrusa idea che l'uomo che avrebbe dovuto avere accanto dovesse essere semplice e senza idee grandiose di cambiare il mondo. Voleva un uomo che sapesse accontentarsi, la cui massima aspirazione fosse prenotare le vacanze per la famiglia ogni estate. Poco importava se poi non avesse fantasia o sogni impossibili da esprimere almeno una volta l'anno, quando spegneva le candeline.

E lei quell'uomo lo aveva trovato, lo aveva sposato e si era

146

accontentata di una vita normale. Aveva recluso il suo grande amore nei ricordi e si era illusa che fosse stato solo il capriccio di una ventenne.

Si guarda ancora nello specchio, si arrende, piange, disperata, *sei stata una fottuta codarda* si ripete singhiozzando mentre nella mente continua a vedere quella foto scattata anni addietro in cui *lui* le tiene la mano e la guarda come nessun altro uomo avrebbe più fatto.

Quella foto che pesava troppo e che, qualche anno prima, aveva lasciato cadere giù dal ponte sentendosi sollevata mentre affondava nell'acqua del fiume sottostante.

15.

Il cane corre felice nel parco nonostante non sia più un cucciolo. Lei lo segue a passo sostenuto perché correre le crea delle difficoltà. I suoi occhi sono ancora velati dalla tristezza della perdita di tanti anni prima, ma ha imparato a conviverci. Lentamente sta tornando ad apprezzare la vita e lascia spazio a nuovi affetti incontrati sul suo cammino.

Si siede su una panchina per riposare quando le squilla il telefono. Risponde con titubanza non conoscendo il numero e rimane pietrificata nel venire a conoscenza dell'accaduto.

Non lo sente da qualche mese, non si vedono da più di cinque anni, eppure *lui* si è ricordato di lei e ci ha tenuto che venisse informata.

Il cane la raggiunge e con un salto sale sulla panchina fino ad arrivare alle sue guance bagnate di lacrime che inizia a leccare con amore. Lo lascia fare mentre ripensa a quando lo aveva conosciuto nella sala d'attesa del centro riabilitativo dove entrambi facevano fisioterapia. Affiora il legame che avevano creato, la loro amicizia nata attraverso la condivisione della *Settimana Enigmistica*, dietro colpi di defi-

147

nizioni con i quali erano arrivati a parlare di argomenti più intimi, di speranze infrante e sogni caduti da un dirupo.

16.

È in ufficio alle prese con le scartoffie di uno dei tanti clienti dello studio commerciale. È stanco di inserire fatture nel programma del PC e vorrebbe tanto andarsene via da questa città asettica e impersonale. Sta pensando questo, quando una donna lo chiama per informarlo dell'accaduto. Rimane seduto sulla sedia, le scartoffie rimangono lì sulla scrivania mentre si perde a guardare fuori dalla finestra dove la chioma di un grande *Pinus pinea* si muove danzando col vento.

Chiama la segretaria e le chiede di disdire tutti gli appuntamenti per i prossimi tre giorni. Apre il primo cassetto della scrivania e tira fuori l'album dove conserva le foglie più belle. Sfoglia pagina per pagina fino ad arrivare a quella che *lui* gli ha regalato qualche anno prima: una foglia gialla di *Ginkgo biloba*, dal bordo ondulato e leggermente spaccato al centro. *È un albero antico proprio come la tua anima* gli disse porgendogliela. Gliene fu grato e si sentì onorato di quel complimento.

Prende il soprabito ed esce dall'ufficio. Non torna a casa, ha deciso di perdersi nel parco di Villa Pamphili con la speranza di ritrovare quel filo che li ha legati cinque anni prima, quando quel vecchio e cocciuto signore lo aveva scelto come suo commercialista, nonostante fosse alle prime armi: *bisogna dare ai giovani la possibilità di affinare le loro conoscenze teoriche con la pratica. Ho l'onore di essere il suo primo cliente. Non è stanco di fare fotocopie e andare in giro a risolvere le incombenze più noiose che spetterebbero ai suoi colleghi?*

148

17.

La moglie sta sbattendo gli sportelli della credenza e si rifiuta di accompagnarlo. Guarda le sue gambe stanche e si dice che potrebbe nascondersi dietro la loro incapacità di muoversi.

«Siamo vecchi e se non ricordo male sono passati cinquant'anni dall'ultima volta che vi siete visti!»

Già, dalla loro ultima partita a scacchi, quella dove era stato sconfitto con uno scacco matto, ma sapeva che il loro litigio andava ben oltre e racchiudeva il dissenso che il suo amico provava verso la donna che lui aveva scelto.

«Non sa ridere e con il tempo toglierà anche a te la voglia di farlo».

«Cosa ne sai tu di rapporti di coppia? Da che ti conosco non hai mai avuto una donna!»

Il suo amico aveva assentito e gli aveva proposto un patto: «Non sono nessuno per dirti cosa sia giusto fare, ma qualcosa mi dice che tu meriti di meglio. Puoi provare a cambiarla, ma è più facile che sia lei a cambiare te. Facciamo una cosa, se vincerò questa partita a scacchi tu la metterai alla prova».

Lui aveva vacillato.

«Si tratta di una cosa semplice, dille solo che verrai in vacanza con me quest'estate. Potrai prendere tempo rimandando l'organizzazione del matrimonio all'autunno».

Lui aveva accettato, si erano stretti la mano e avevano cominciato quella partita che avrebbe cambiato i loro destini.

Aveva perso, ma quando la sua fidanzata gli aveva chiesto di scegliere fra lei e il suo amico, si era arreso e aveva trovato il pretesto per non vederlo più, adducendo che aveva imbrogliato durante la partita. Entrambi sapevano che a scacchi non si può imbrogliare, non ai loro livelli.

Adesso deve scegliere se far smettere la moglie di sbattere

gli sportelli o rendere omaggio a quel suo vecchio amico. Il tempo trascorso gli aveva fatto comprendere quanto avesse avuto ragione.

Prende il telefono e chiama la nuora:

«Devo chiederti un favore, posso contare solo su di te».

18.

Si incontrano al distributore dove entrambe sono intente a prendere un caffè. Si conoscono da diversi anni anche se non hanno mai stretto un'amicizia e sono sempre rimaste solo ottime colleghe. Sono prese da pensieri che le portano indietro di qualche anno, quando *lui* ancora lavorava come professore alla facoltà di lettere.

«In facoltà non lo sa ancora nessuno».

«Pensi che dobbiamo dirlo agli altri?»

«Non credo che debba rimanere un segreto. Noi siamo state avvertite personalmente perché, a quanto mi ha detto la donna, *lui* avrebbe piacere che fossimo presenti domani».

La donna dai capelli neri corvini annuisce, poi si lascia andare a un ricordo:

«Spesso ci incontravamo proprio qui, a questo distributore automatico. Mi offriva sempre il caffè e un giorno, non riuscendo mai a precederlo, gli regalai una chiavetta. Lui sorrise e mi disse che dovevo imparare a prendere i doni che la vita mi offriva senza sentirmi in obbligo di ricambiare».

L'altra donna ride:

«Tipico del professore» fa una pausa, poi le chiede:

«Tu andrai?»

«Sì, gli devo molto. Se la mia vita è cambiata lo devo a *lui*. Un paio di anni fa, in un momento di grande crisi mi telefonò, quasi ne avesse avuto sentore. Ero sola, seduta in un bar a bere un bicchiere di prosecco. Mi invitò a raggiungerlo e senza pensarci salii sul primo treno fermandomi

nella sua villa per il weekend. In quei due giorni, mentre ci occupavamo delle piante del giardino, ritrovai me stessa. Non erano servite parole, era stato attraverso il fare cose che, una volta tornata alla mia vita, ho trovato il coraggio di recidere i rami secchi».
«Sì, so bene di cosa stai parlando».
Le dice, poi guardandola prosegue:
«Se vuoi possiamo organizzarci per andare insieme».
Si sorridono mentre una nuova complicità le unisce.

19.
Esce dall'aula con un gran mal di testa: oggi i ragazzi sono stati più indisciplinati del solito o forse è lei a non essere dell'umore giusto. Chi lo sarebbe al posto suo?
Si chiede come abbia fatto il vecchio professore a trovarla, ma poi si risponde che ha sempre avuto mille risorse, come un mago ha i suoi assi nella manica: *è riuscito ad arrivare preparato anche all'ultima chiamata!* Forse è stata la sua capacità di essere attento a tutto che gli ha permesso di muoversi bene sulla scacchiera della vita, senza lasciare al caso nessuna mossa.
Sono anni che non si vedono né si sentono e prova un senso di riconoscenza per non essere stata dimenticata. Dopo suo padre, forse, è stato la persona più importante della sua vita perché l'aveva spronata a non gettare la spugna quando ormai mancava poco al traguardo.
Sorride e si commuove, ma riesce a ricacciare giù le lacrime. Torna coi ricordi a tanti anni prima quando con la sua immancabile macchina da scrivere arrivava nel suo studio per elaborare insieme alcuni punti della tesi che le rimanevano ostici. Le sale un nodo alla gola per l'emozione e due lacrime le solcano le guance.

20.

Scende dall'albero con un sospiro di sollievo per essere riuscito a potare tutti e tre i cedri del giardino condominiale. A terra la donna è intenta ad ammucchiare i grossi rami in un unico posto.

«Ti ha squillato più volte il cellulare, direi con una certa insistenza».

Lui si avvicina e togliendosi i guanti le sistema i capelli ribelli che le escono dalla treccia. La bacia sulla guancia e le dice con voce pacata:

«Potevi rispondere, sarà un cliente che non è in grado di aspettare, avrà paura che l'albero fugga via!»

Poi si avvicina alla fontanella e beve lunghe sorsate d'acqua per ritemprare il corpo disidratato dopo essere rimasto appeso con le corde per più di tre ore. Si sciacqua il viso sporco e dopo essersi asciugato le mani si appresta a girarsi una sigaretta, quella sacra del dopo lavoro. Solo dopo tutte queste cose si decide a guardare il telefonino e con sorpresa trova dieci chiamate provenienti dallo stesso numero.

Lo richiama preoccupato e innervosito. Dall'altro capo una voce di donna lo informa dell'accaduto.

«Mi spiace davvero tanto. Cercherò di essere presente. Mi dia il tempo di organizzarmi. Grazie di avermi avvertito».

L'uomo si siede sulla panchina sconvolto mentre i ricordi lo riportano nella taverna del professore, dove, dopo il lavoro di potatura degli alberi, si fermavano a chiacchierare accompagnati da un bicchiere di vino. Era piacevole la sua compagnia nonostante la stanchezza di una giornata di cantiere e proprio nella grande sala, con suo grande stupore, vide un bersaglio.

Lo ha lasciato qui mio nipote, da un paio di mesi si è trasferito a Londra per lavoro, le freccette sono sempre state la sua passione e ora, nonostante la mia veneranda età, ogni

tanto mi diletto.
Fu così che il giorno dopo decise di portare le sue freccette impolverate e sfidò il professore. Giocarono anche nei giorni successivi, per tutta la durata del cantiere. Una sera mentre sorseggiavano un bicchiere di vino rosso, il professore espresse la sua teoria sull'importanza che poteva avere quel gioco anche nelle sfide quotidiane: è *un esercizio di concentrazione e riuscire a prendere un determinato settore del tabellone sono certo che aiuti a mettere a fuoco anche gli obiettivi che ognuno di noi dovrebbe avere nella vita.*

21.
Il ragazzo è arrabbiato. Corre come un forsennato fino a casa dove trova la madre intenta ad apparecchiare la tavola. I suoi occhi sono rossi di rabbia e di lacrime, ma lei nemmeno se ne accorge presa com'è dal mettere i piatti ben centrati davanti a ogni sedia. Quando lo sente entrare lo intima di sbrigarsi a lavarsi le mani perché sta per scolare la pasta. Lui entra in cucina e le urla addosso la rabbia che cova da ben sette anni. Lei rimane sbalordita e non capisce di cosa stia parlando.
«Mi avete portato via da *lui*, dalle mie colline. Per offrirmi cosa? Questo buco di appartamento? Nonostante le mie richieste continue e insistenti di andare a trovarlo, vi siete sempre rifiutati!»
La madre lo guarda esterrefatta, ma non ha il coraggio di ribattere nulla.
«Mi avete detto che non si può disturbare una persona anziana per lo schiribizzo di un bambino, ma ora che non sono più un bambino è troppo tardi!»
Il ragazzo batte i pugni sul tavolo e forse vorrebbe spaccare tutto quello che trova davanti a lui, ma si trattiene perché

gli hanno insegnato ad avere rispetto per le cose, anche se non può esimersi dal domandarsi se sia più importante il rispetto delle cose o quello per le persone.

«Cosa stai dicendo? Se vuoi ora potrai prendere il treno e andare da *lui*! Non capisco da dove ti esca tutta questa rabbia».

«Non lo capisci perché il tuo cervello è piccolo come quello di una gallina e il tuo cuore non è da meno».

«Non ti permetto di parlarmi così!»

«E tu? E papà? Vi siete preoccupati di dare le giuste risposte alle mie domande? Se non fosse stato per *lui* che è venuto a trovarmi due anni fa all'uscita di scuola io non lo avrei più rivisto. *Lui* è venuto a salutare me, *lui* ha continuato in tutti questi anni a farmi gli auguri per il mio compleanno mentre voi lo avete dimenticato e avete fatto di tutto perché anche io lo dimenticassi. Per cosa poi? Per aver vinto il concorso come bidella in una scuola che neanche ti piace? Mi hai portato via da *lui* e dalla mia casa per essere triste e condurre una vita insulsa? E adesso l'unica cosa che posso fare è andare al suo funerale!»

Nella cucina cala il silenzio interrotto dai singhiozzi del giovane mentre la madre si lascia cadere sulla sedia attonita e dispiaciuta.

22.

Il mio tempo è finito. Sono morto, eppure qualcosa di me è ancora qui e posso vederli tutti. Sono diventato spettatore silente di questo grande palcoscenico e mi appresto a partecipare alle mie esequie. Il funerale è previsto per domani e devo dire che mai mi sarei aspettato tanto trambusto per un povero vecchio come me.

È morto Giacomo, ma qualcosa di me è più grande del vecchio che vedo steso nel suo letto immobile, circondato da candele che secondo *lei* dovrebbero aiutare a illuminare la strada che conduce dall'altra parte.

Mi vuole bene, sono tante le persone che me ne hanno voluto, e molte di più quelle che ho amato io. Probabilmente, visto che ancora esisto pur non esistendo, fra poco incontrerò quelle che mi hanno preceduto in questo nuovo viaggio e aspetterò le altre che ancora hanno da sbrigare cose sulla Terra.

Nel vedere questi volti tristi, vorrei poter far qualcosa, continuare a dar loro un segno, a scuoterli e dire *ehi sono ancora qui, gioite per me!*

Forse questo pensiero lo ha avuto mia madre quando mi sono disperato sulla sua bara, forse mio padre ha cercato di darmi lo slancio a uscire dalla tristezza della sua perdita che mi ha accompagnato per quasi un anno.

Ho la sensazione che ci abbiano tenuto nascoste tante verità dietro a *dogmi* e *credi*.

Molti stanno piangendo per me, ma il *suo* dolore mi trafigge più degli altri perché sente di aver perso il sostegno su cui aveva basato la sua esistenza. Sono certo che questo le darà motivo di crescere e tirare fuori tutte le sue capacità. Già ci sta riuscendo perché ha pensato *lei* ad avvertire tutti gli altri della mia dipartita. È davvero una donna dalle grandi risorse.

È sempre stata riconoscente per la possibilità che le ho dato di ricostruirsi una nuova vita o almeno è questo quello che pensa, ma in realtà non ho fatto nulla, sono stato solo uno strumento nelle sue mani.

Ognuno di noi ha le redini del suo destino, ognuno è in grado di prendere al volo le occasioni che si presentano sul proprio cammino e non c'è buona o cattiva sorte.

23.
Stef lascia la camera ardente e scende in taverna dove suo padre si è ripromesso di controllare i tortini che stanno cuocendo nel forno. È stanca. Gli ultimi due giorni sono stati difficili e ancora adesso non riesce a rendersi conto che Giacomo non ci sia più.

Si lascia cadere sul divano e chiude gli occhi cercando un po' di pace. Aldo si avvicina e si siede accanto invitandola a cercare conforto fra le sue possenti braccia nonostante l'età. Gli si butta contro e si perde nell'affetto di quel padre ritrovato durante l'adolescenza e che non l'ha più abbandonata.

«Papà, mi manca».

«Lo so *scricciolo*. Manca a tutti noi».

La donna torna indietro, si perde nei ricordi che la portano a un'altra vita, quando viveva ancora con la madre e sognava un'esistenza normale, dove le persone erano in grado di amare e non erano mangiate dentro dall'odio e dal risentimento.

«Ti ricordi quando venivo a trovarti di nascosto con Sara?» Aldo ride e le carezza i capelli striati di bianco nonostante abbia solo trentotto anni.

«Ogni volta che venivi a trovarci il mio cuore era grato per il regalo inatteso che era la tua presenza».

«Sono stata molto brava a non farmi scoprire dalla mamma. Lei credeva che studiassi da qualche amica, oppure che andassi in gita fuori porta con la parrocchia. Per tre anni ho mandato avanti questa finzione».

Aldo sospira e si chiede dove sua figlia possa aver trovato tutta quella forza e lei leggendogli la mente continuò:

«Credo che sia stato merito tuo e di Giacomo. Tu con il tuo amore e lui con la sua presenza silente dove diceva senza dire. Grazie a Giacomo sono riuscita a dare un senso alla

156

mia esistenza andando a scuola, cercando di vivere come vivono tutti gli adolescenti e in qualche modo mi ha insegnato a schermarmi da mia madre».

Aldo sa bene di cosa stia parlando la figlia. Anche per lui quel simpatico vecchietto aveva voluto dire molto. La sua disponibilità nei momenti di difficoltà, il suo aiutarlo con la piccola Chiara quando non ne voleva sapere di studiare. Le sue cene della contrada dove apriva le porte a tutto il vicinato aiutando a creare un'atmosfera goliardica e di pace.

«Papà?»

«Sì?»

«Da che credevo di non avere un padre a che ne ho trovati due. Non ci rimani male se ti dico che per me Giacomo è stato importante come se fosse stato un secondo papà?»

Aldo piange e la stringe. Non vorrebbe piangere, non lo trova un atteggiamento da uomo, eppure piange. No che non ci rimane male. È un uomo obiettivo. Grazie a lui Stef ha trovato il suo spazio, la sua dimensione e anche un lavoro dove, non perché è il padre, è fra le migliori. Le ha dato dignità anche se è una semplice donna delle pulizie. Ha iniziato qui, nella sua casa e poi l'ha consigliata a tutti i suoi amici della zona; le ha permesso di vivere da lui quando era nata Giuditta, offrendole non un posto letto, ma una famiglia.

«Cosa sarà di me ora?»

«Hai vissuto di peggio mia *piccola* Stef. Sono certo che tutto andrà per il meglio. Sai come fare, lo hai imparato da Giacomo».

24.

Anna, Patrizia e Giulia hanno terminato di sistemare le camere quando il citofono le avverte che qualcuno è arrivato. Lasciano il piano superiore e scendono in taverna a controllare che i tortini siano stati tolti dal forno, con Aldo non si può mai stare sicuri. Lo trovano addormentato sul divano mentre Giuditta è intenta a sistemare le teglie calde sul grande ripiano di marmo. Patrizia sorride alla scena, si avvicina al marito e lo sveglia dolcemente con un bacio: «Amore sono arrivati i primi ospiti, svegliati».

Nel frattempo dalla porta entra un vecchietto. Anna alla sua vista rimane interdetta:

«Zio, ma cosa ci fai qui?»

Vinicio rimane sorpreso quanto lei.

«Anna?»

Mentre dice il suo nome, si guarda attorno per cercare un filo conduttore che colleghi il suo vecchio amico alla moglie del nipote.

La donna annuisce e si avvicina per salutarlo:

«Conoscevi Giacomo?»

L'uomo si lascia andare a una grassa risata.

«Siamo cresciuti insieme, a suon di botte e sganassoni finché portavamo i pantaloncini corti e a sigarette rubate quando eravamo adolescenti. E tu che ci fai qui?»

«Viviamo nella villetta accanto!»

Dall'ingresso entra il ragazzo allampanato, bianco come *un cencio*.

«Anna ti presento mio nipote Marco, la mia guardia del corpo personale. Non guardarlo così, è un ragazzo tutto d'un pezzo e da qualche anno è finanziere. Siamo in ottime mani».

Si sorridono, il ragazzo sembra arrossire nonostante le sue guance non siano in grado di assumere una colorazione diversa dal bianco.

25.

Manuel scende dal treno e un vagone più giù scende anche

Veronica. Si avviano entrambi verso l'uscita, dove, vicino all'edicola, ad aspettarli ci sono due uomini accanto a una *Panda* quattro per quattro.

Quando si trovano lì, capiscono che la loro destinazione è la stessa e, dopo un viaggio pensieroso per entrambi, scoppiano a ridere di cuore. Salgono in macchina e insieme a Pino e Sandro raggiungono la grande villa bianca che nel frattempo si è popolata di ospiti.

26.

Giada e Andrea approfittano del viaggio per raccontarsi:

«Quindi alla fine è venuta a Londra?»

«Già, ma con un tempismo sbagliato. Lei ad arrivare e Stef a informarmi della morte dello zio. Ha preso una settimana di ferie dal lavoro e metà di questa settimana io non ci sarò».

«Zio starà morendo dal ridere, ma poi lei lo aveva mai conosciuto?»

«No, credo che avesse sempre provato gelosia per il nostro rapporto così speciale e ogni volta che andavo da lui trovava una scusa per non venire».

«E se non fosse la donna per te?»

Andrea sospira, quante volte se l'è domandato?

«Forse il tuo è un capriccio, come quando da piccoli si vuole fare qualcosa che ci proibiscono. In fondo non ha nulla di speciale la tua pseudo ragazza!»

«E tu invece? Con il tuo capellone? Quante volte lo hai lasciato negli ultimi due anni?»

Rilancia il fratello per spostare l'attenzione verso la situazione sentimentale della sorella.

«Ti sorprenderai, ma da quando ci siamo rimessi insieme un anno e mezzo fa, tutto procede alla grande!»

«Così alla grande che non viene al funerale di tuo zio?»

Giada accusa il colpo basso del fratello, sta per ribattere, ma sono arrivati a destinazione.

27.
Gianmarco e Serena parlano poco durante il viaggio. La donna ogni tanto lancia qualche domanda:
«Dove credi che sia adesso?»
Ma non si aspetta che il fratello risponda.
«Pensi che abbia raggiunto mamma e papà?»
Gianmarco è perso nei ricordi, di quando lo zio lo prendeva da scuola e lo portava al parco. Giocavano a pallone oppure, quando c'era vento, nelle zone senza alberi di *Villa Ada* facevano volare un aquilone. Aveva giocato più con lo zio che con suo padre.
«Ho pianto più per lui che per la perdita di papà».
Lo dice come a volersi liberare di un senso di colpa.

28.
«Quindi tu e quel vecchietto vi siete continuati a vedere anche quando io sono sparito dalla tua esistenza?»
«Quel vecchietto si chiama Giacomo e tu sei un caprone che non vuole ammettere che gli volevi bene».
Igor se la ride, Camille gli allunga un destro sul braccio.
«Sono passati più di dieci anni da quando siamo andati a trovarlo l'ultima volta!»
«Perché poi hai avuto la malsana idea di sposarti con la prima a cui ti sei ricordato di chiedere il nome mentre te la stavi portando a letto! Così sei sparito per il resto del mondo per ben cinque lunghi anni. Il tempo di fare un figlio. Forse se avessi continuato a frequentare me e Giacomo, il figlio te lo risparmiavi!»
Igor è indispettito:
«Amo mio figlio. Parli così perché non ti sei mai sposata».

160

«Lo ami talmente tanto che lo vedi ogni due weekend, spendi gran parte del tuo denaro in giocattoli e parchi giochi, ma non sai nemmeno qual è il suo cartone animato preferito. Ho indovinato?»
Camille ha indovinato, ma lui non vuole ammetterlo: «Camille non ci vediamo da due anni e stai solo sparando a caso!»
La donna continua a guidare con un sorriso sornione sulle labbra, poi inizia a raccontare del loro ultimo incontro, quello di tre anni prima, quando lo aveva raggiunto a Talamone per qualche giorno:
«Ci siamo fatti delle lunghissime nuotate. Aveva ottantacinque anni, ma lui sì che ne dimostrava venti di meno».

29.
Sono arrivati gli ospiti. Pino con sorpresa ha scoperto che lo zio Vinicio e Giacomo si conoscevano fin da bambini. *Com'è piccolo il mondo* si è ritrovato a dire mentre Anna apparecchia la grande tavola con rustici e pizzette.
Patrizia insieme alla nipote Giuditta controllano che le bevande siano sempre presenti, Giulia prepara su un grande tagliere un letto di affettati e formaggi mentre il marito, Sandro, sta controllando la temperatura del forno a legna per cominciare a cuocere le prime pizze. Manuel si è offerto di aiutarlo nella farcitura e di fargli compagnia.
Aldo intrattiene gli ospiti con la sua parlantina e trova una particolare affinità con Marco. Riesce a fargli bere due bicchieri di vino e si accorge che il ragazzo non si regge in piedi così lo sistema appena in tempo su una sedia prima di vederlo cadere giù come una pera cotta.
Veronica entra in empatia con Serena e parlano di un futuro precario e del suo lato positivo: *non puoi mettere mai radici nella precarietà, ti devi sempre reiventare e, per poterlo*

fare, devi ricordarti sempre, in ogni momento, quanto vali.
Poi Serena raggiunge Giada, Andrea e Gianmaria e insieme ricordano il passato, le cene e i pranzi di Natale in casa dello zio, quando per tre o quattro giorni si fermavano nella sua villa ed erano liberi dalle restrizioni che vivevano nelle loro case. Infine arrivano a raccontarsi gli ultimi anni.

«Sei andato via di casa dicendole che andavi a comprare le sigarette?»

Chiede Andrea esterrefatto.

«Più o meno».

«E Caterina?»

«Credo abbia continuato a dormire per un po'. Nel frattempo io sono venuto qui. Avevo bisogno dello zio per capire cosa mi turbava di mia moglie».

«E non ti ha cacciato via rispedendoti da lei?»

«Rideva a crepapelle mentre gli raccontavo di tutte le sue fissazioni, ma non rideva di lei, rideva di me! Mi ha fatto sentire uno stupido. Poi mi ha chiesto serio: *non pensi che anche Caterina abbia delle difficoltà a sopportare le tue?*»

Gianmaria fa una pausa.

«Io ne ho un paio!»

Dice Serena.

«Vi ricordate quando era piccolo e doveva sistemare tutte le macchinine in ordine sullo scaffale altrimenti non riusciva a prendere sonno?»

Giada e Andrea ridono.

«E quando doveva fare il bagno? Prima di riempire la vasca doveva assicurarsi che fosse pulita e se non la sciacquava un paio di volte non ci entrava».

Gianmaria si unisce alle loro risate.

«Esatto. Questo voleva che capissi. Tutti noi abbiamo fissazioni assurde, non ce ne accorgiamo perché sono le nostre».

«Ma tu Caterina l'hai lasciata lo stesso!»

«Non per le sue fissazioni. Il giorno dopo sono tornato a casa. Ho cercato di mettere a fuoco cosa non andava realmente fra noi e ho capito che il nostro rapporto si era appiattito. Avevamo perso la verve, quella spinta a crescere. Ne abbiamo parlato e insieme abbiamo deciso di prenderci del tempo per capire se potevamo salvare qualcosa o se semplicemente era arrivato il momento di prendere strade diverse».

«E hanno preso strade diverse!»

Conclude per lui Serena.

«Già, adesso si frequenta con un uomo di qualche anno più giovane di lei. Si chiama Carlo, dice di aver smesso di fumare, ma in realtà fuma di nascosto. Sembra felice e io sono contento per lei».

Igor si avvicina ai pizzettai. Manuel è molto socievole e riesce a metterlo a suo agio. Parlano di calcio che è un argomento di aggregazione semplice e senza impegno.

Camille è salita con Stef nella camera ardente, l'aiuta a sostituire le candele che si sono consumate affinché non venga a mancare la luce fino al momento della sepoltura.

«Si era ammalato?»

Chiede.

«Negli ultimi due mesi continuava a dirmi che il suo cuore era stanco, ma dai controlli medici non risultava nulla di allarmante. Il cardiologo gli aveva solo detto che era dovuto all'età».

Le donne guardano il corpo immobile. Irrigidito e gonfio, ma sorprendentemente sorridente.

«Nelle ultime settimane mi ha dato direttive da seguire. Credo abbia cercato i contatti di tutte le persone che voleva raggiungere. Mi ha lasciato un foglio con tutti i vostri nomi e numeri di telefono. Sapeva che stava per morire, lo sentiva!»

«Mi viene in mente la leggenda che dice che gli elefanti quando sanno di dover morire vanno tutti verso un unico posto, il cimitero degli elefanti. Lui invece ha voluto che le persone che avevano significato qualcosa si incontrassero in un unico posto: non la chiesa o il cimitero, ma la sua casa».

Stef annuisce, si avvicina al corpo di Giacomo e si lascia andare a una carezza.

30.

È mattina e si ritrovano tutti nella taverna per la colazione. Ce n'è per tutti i gusti: dal caffè al tè, dalla spremuta d'arancia alle centrifughe. Biscotti, ciambelloni e crostate preparate da Anna il giorno prima. Frutta fresca e cereali, yogurt e toast.

Lentamente arrivano anche gli altri ospiti e si uniscono al banchetto che prosegue per tutta la mattinata. Nonostante siano lì per un funerale, l'aria che si respira è di festa, lacrime e risate si mescolano. I ricordi perdono la loro amarezza e rimane la dolce sensazione che le sconfitte siano la più grande vittoria.

Emma arriva con anticipo sulla sua tabella di marcia e con sorpresa incontra Simona, la sua dirimpettaia e scopre che Giacomo era stato per tanti anni il suo vicino di ombrellone durante le sue vacanze estive a Talamone.

Frida spinge la carrozzella di suo suocero e si sorprende di quest'aria di festa mentre Nereo viene catapultato a cinquant'anni prima, alla necessità di Giacomo di circondarsi di persone che sapessero ridere e alla sua capacità di rendere leggere anche le situazioni più drammatiche. Con piacere riconosce Vinicio, nonostante le rughe e le spalle leggermente ricurve. Chiede di essere accompagnato da lui e lo saluta con calore.

Ettore si sofferma sul bersaglio, posizionato nello stesso posto, sulla parete di fronte al caminetto. Nota che è più consumato del solito e si immagina Giacomo intento a prendere il bull o il triplo venti.

Gli si avvicina Andrea:

«Appassionato di freccette?»

«Sì! Anche tu?»

«Questo era il mio bersaglio!»

Il volto di Ettore si illumina:

«Quindi deduco che tu sia il nipote che si è trasferito a Londra».

Andrea annuisce con orgoglio:

«Solo dopo essermi assicurato che lo zio avesse imparato a giocarci».

Eva si unisce a Veronica e Serena mentre sono intente a dividersi l'ultima fetta di crostata:

«Sono arrivata troppo tardi?»

«Non è mai troppo tardi per condividere».

Dice Veronica apprestandosi a tagliarla in tre parti.

Cristiana osserva Nereo sulla carrozzella e si sorprende del suo volto solare. I ricordi di lei in quelle condizioni l'assalgono, quando si sente chiamare.

«Cristiana! Non mi dire che lo zio conosceva anche te?»

È Gianmarco, il chirurgo che le ha ridato il suo volto.

«Si ricorda ancora di me?»

Gianmarco l'abbraccia con calore:

«Come potrei dimenticarmi. Sei il mio capolavoro migliore. Per favore non darmi del lei, mi fai sentire più vecchio di quello che sono!»

La donna sorride.

«Sono contento di rivederti in piedi. Quando ci siamo visti l'ultima volta non volevi saperne di tornare a camminare».

165

«Lo so. Non volevo. Poi durante le fisioterapie ho incontrato Giacomo. Lui andava lì per riprendere tono dopo essersi rotto la caviglia. Mi disse *signorina se lei è ancora qui un motivo ci sarà e le risulterà più facile capirlo stando in piedi non trova?*»

Gianmarco riconosce in quelle parole lo zio. Prende Cristiana sotto braccio e la porta alla tavola imbandita:

«Qui sono come le cavallette, sbrighiamoci!»

Ernesto e Daniele arrivano insieme, entrambi presi alla stazione da Pino e Sandro.

Daniele è sobrio ed è orgoglioso di essere riuscito a resistere all'alcool per ventiquattro ore dopo un anno di vita annebbiata già a partire dalla colazione.

Ernesto cerca con lo sguardo volti conosciuti e con piacere li ritrova tutti lì. Si avvicina a Stef che è alle prese con un foglio e una penna:

«Ernesto, ma come sei cresciuto! Sei diventato un uomo!»

Si libera le mani e lo abbraccia stretto.

«Ma guarda, sei più alto di me!»

«Tu invece sei sempre giovane. Giuditta?»

Stef indica in fondo alla sala e il giovane nel rivederla ha un tuffo al cuore.

«Vai, ti sta aspettando».

Gabriele arriva correndo e raggiunge la mamma, Serena lo prende in braccio e lo riempie di baci.

«E papà dov'è? Lo hai lasciato a Roma?»

Gabriele ride:

«No, c'è anche lui, ma lo sai che è lento e si è fermato a salutare Giada qui fuori. Forse fra una ventina di minuti riesce a raggiungere anche te!»

Carla e Lidia entrano titubanti nella taverna, ritrovano volti conosciuti nelle loro visite saltuarie e in poco tempo dimenticano di essere lì per un funerale e si uniscono al vociare.

Pietro stringe il suo album di foglie e, arrivato sotto al patio, si scontra con Manuel. Si sorridono e si riconoscono.
«Non dirmi che anche tu conoscevi Giacomo?»
Lo apostrofa il ragazzone.
«Sono il suo commercialista, ma siamo anche amici. A voi invece cosa vi univa?»
«La musica».
E pensa alla famosa canzone che ha sugellato la loro amicizia.
Simona scorge un volto che gli ricorda qualcuno, si sofferma sulla cicatrice che lo rende particolare e arrossisce. Senza nemmeno pensarci o darsi un freno, gli si avvicina:
«Ciao, io sono Simona».
Igor la guarda con aria divertita. Non ha ricordi che lo leghino a lei, ma percepisce che qualcosa gli sfugge:
«Igor. Il piacere è tutto mio».
Camille accanto a lui si dice che almeno stavolta i nomi se li sono detti e molto prima di finire a letto.
Vittoria arriva trafelata con un mazzo di fiori in una mano e una bottiglia di prosecco nell'altra. Emma le va incontro e la saluta, lasciandola di stucco:
«Da quel che vedo il mondo è molto più piccolo di quel che sembra!»
Si salutano e cercano di fare mente locale sul loro ultimo incontro, probabilmente una di quelle cene con ex compagni di classe risalente a una decina di anni prima.
«Hai finalmente preso la cattedra?»
Vittoria alza le braccia al cielo insieme al mazzo di fiori e al prosecco:
«Non so se riuscirò mai a prenderla. Forse il prossimo anno. Per il momento insegno italiano in un liceo scientifico e posso ritenermi fortunata. E tu? Sempre architetto?»
«Sì, e il mio lavoro mi ha portata qui quindici anni fa facen-

domi conoscere Giacomo. È stato il mio primo incarico. Voi come vi siete conosciuti?»

«È stato il mio professore di lettere, con lui ho preparato la mia tesi di laurea».

«Vieni entriamo, ti sorprenderai della varietà di persone che sono qui oggi».

Paola e Francesco arrivano insieme ai bambini che subito si uniscono a Gabriele nel giocare a pallone.

Francesco si sofferma sulle rose dell'aiuola e con stupore le trova tutte fiorite. Una delle più belle fioriture che abbiano mai avuto. Orgoglioso di esserne stato il fautore, le indica alla moglie. Paola gli carezza il volto provato e lo invita a raggiungere gli altri.

Giuditta prende per mano Ernesto e lo accompagna nella mansarda dove gli restituisce la sua scatola dei ricordi. Il ragazzo è emozionato e con titubanza apre il coperchio e la invita a condividere con lui i ricordi più belli della sua vita.

Elena arriva per ultima, ha esitato fino alla fine. E anche mentre era in viaggio, più volte ha pensato di tornare indietro. *È una pazzia, non ha senso andare ora da lui, ora che tutto è davvero finito.*

Ha lottato contro se stessa, contro sentimenti contrastanti, contro i ricordi che l'hanno assalita togliendole il respiro. Perché Giacomo era stato come il ponentino di Roma che rinfresca i pomeriggi assolati d'autunno, era stato come i bagni al mare fuori stagione e come le passeggiate in montagna quando la neve si sta sciogliendo e i primi fiori spuntano timidi.

Il suo volto triste e composto quando lei lo aveva lasciato. Quell'abbraccio che le era rimasto impresso nell'anima per anni e che le aveva fatto dubitare per molto tempo che avesse fatto la scelta più giusta.

Entra nella grande sala a passi indecisi. Stef le va incontro e si presenta con cordialità:

«Sono davvero contenta di vederti Elena. Sei il fiore più raro fra tutti noi e Giacomo sono certa che te ne è infinitamente grato. Ti ha amata più di tutti noi e ha pregato in cuor suo che tu potessi trovare quello che lui non era stato in grado di darti».

Elena si commuove e abbassa lo sguardo. Con disinvoltura Stef l'accompagna nella stanza attigua e le porge un fazzoletto.

«Lui è qui? Posso vederlo?»

Annuisce e la invita a salire le scale. L'accompagna fino alla camera ardente e rimanendo sulla soglia la invita a entrare.

Elena raggiunge il corpo esanime, freddo. Lui non è più qui. Prende la sua mano mentre le lacrime scendono a fiumi senza che possa controllarle. Le versa tutte, fino all'ultima goccia. Solo dopo, un senso di sollievo la pervade.

«Non poteva avere nessuna donna al suo fianco».

Una voce maschile la fa trasalire. Si volta, due vecchi sono sulla soglia della porta. A parlare è l'uomo sulla sedia a rotelle:

«Lui aveva il dono di conoscere l'amore, quell'amore che va oltre il possesso. Voleva che le persone intorno a lui fossero felici, libere di scegliere e anche di sbagliare. Sapeva tirarsi indietro senza provare rancore se l'altro glielo chiedeva».

Elena sa che ha ragione e asciugandosi il volto bagnato lascia Giacomo e gli si avvicina:

«Anche lei lo ha allontanato dalla sua vita?»

L'uomo annuisce:

«Non ci parlavamo da cinquant'anni, eppure mi ha trovato e mi ha invitato a venire oggi. Chi lo avrebbe fatto al suo posto? È stato un grande uomo e lo si può vedere dalle persone che sono venute a salutarlo. Potrei continuare a incolparmi di averlo voluto escludere, ma sono certo che non è questo che vuole. Se io e lei siamo qui oggi è perché lui vuole che sappiamo che non ci ha mai dimenticato».

Elena si china e lo bacia sulla fronte: «Grazie» gli sussurra e raggiunge gli altri nella taverna.

31.

Quel che resta del mio corpo viene chiuso in una bara. Francesco ha tagliato una delle rose rosse e me ne ha fatto dono poggiandomela sul petto.

I miei nipoti, Ettore e Pietro mi accompagnano sotto l'ulivo, al centro del mio giardino. Sono arrivati tanti amici e molti conoscenti. Si sono disposti intorno alla bara.

Stef tiene in mano la mia scatola e con la voce rotta dall'emozione dà inizio alla funzione. Nessun prete ad accompagnarmi da quest'altra parte, non serve e ora ne ho la prova. Sono tutti loro la spinta che mi permetterà di prendere il volo: vederli qui mi riempie di gioia, so di non essere solo.

Qualcuno si sorprende di questa cerimonia laica e si interroga con il vicino: *non sapevo fosse ateo.*

Non sono ateo, ma questo non vuol dire che per continuare a vivere io debba essere celebrato in una funzione religiosa.

Stef inizia a parlare. Poche parole. Basta il silenzio e l'unione di tutti loro accerchiati intorno a me. Li sento, sento il dolore di Elena, la tristezza di Stef, le domande senza risposta di Serena. Quando finisce qualcosa si sprigiona un'energia portentosa e tutti loro oggi hanno la possibilità di ricominciare da dove si sono fermati. Ho un regalo per loro. Possono trovarlo nella scatola. Stef la apre e li invita ad avvicinarsi e a prendere quello che è loro per diritto.

Non dice nulla perché sa che ognuno riconoscerà il suo regalo.

32.
Tiene stretto fra le mani il foglio ingiallito dal tempo. Quanti anni sono passati? Forse trenta, non sa più dirlo. Era ancora un adolescente che sognava di essere un fumettista e in un pomeriggio di primavera aveva voluto regalargli il suo protagonista, Ken, l'eroe dei due mondi mentre brandiva una spada contro il suo acerrimo nemico. Stringe al petto il disegno e si lascia andare alla tristezza di una vita spesa male, chiedendosi se c'è ancora tempo per riprendere il bandolo di quella matassa abbandonata non sa più dire quando.

33.
Aprono il libro di *Sam Savage* e ridono nel leggere la dedica: *non tutti i topi vengono per nuocere, la prossima volta potrebbe essere Firmino.*
È proprio da lui un regalo del genere. Si abbracciano mentre ricordano di quando lui aveva cercato in tutti i modi di salvare quel topo che si era addentrato nella loro casa, mandandola su tutte le furie.

34.
La riconosce subito la sua tazza, quella con cui sorseggiava il tè verde che lui gli preparava durante le ripetizioni di greco. Una tazza con disegnato un gatto che si stiracchia. La sua tazza perché lui non smetteva di ricordarle che in fondo era una gatta, poteva salire sui tetti e se voleva sarebbe arrivata anche sulla luna.
Forse, quello di cui ha bisogno è ricordarsi di tirare fuori questa gatta che non si accontenta, che non può essere rin-

chiusa nella gabbia della precarietà di un call center.

35.

Raggiunge il marito e gli porge la ricetta della marmellata di rosa canina che anni prima gli aveva scritto. Appuntata sotto una frase: *sei la rosa dei pasticceri. Non accontentarti di scrivere ricette.*
E così riaffiora quel vecchio desiderio di iscriversi a un corso di pasticceria. Il marito la guarda e senza sapere i suoi pensieri le sussurra: *i ragazzi sono grandi e hai molto tempo libero. Devi occuparti di te.*

36.

La rosa secca che tiene fra le mani vuol dire tante cose. È la sua rinascita come lo è stata per quel cespuglio che non ne voleva sapere di tornare a fiorire.
Lui si era incaponito e ogni giorno ci si dedicava, ora con una potatura, ora spruzzando un macerato d'aglio e ortica, ora annaffiandolo, ora parlandoci.
Dopo un mese era spuntata lei: rossa e carnosa. Giacomo l'aveva conservata per tutti questi anni e ora, mentre la tiene fra le mani, si sente orgoglioso di essere risalito dal fondo, di aver creduto in se stesso e nella sua famiglia. La moglie gli si avvicina, guarda la rosa e mentre sorride le si forma una fossetta sulla guancia sinistra.

37.

Lo aveva battezzato Don Chisciotte dal loro primo incontro al negozio. Gli diceva che lui aveva deciso di salvare la musica che stava morendo e lo faceva continuando a vendere vecchi *LP* che i giovani nemmeno sapevano cosa fossero.
Al mio don Chisciotte che combatte contro i mulini a vento e se ne frega di YouTube o Spotify.

172

Tiene il quarantacinque giri in mano, nella sua testa tornano le strofe della canzone e si ripromette di ricercare Angela, il fiore di campo incontrato sul treno che lo stava portando qui.

38.
Un jolly. Fra tutte le carte per lui è il jolly che ha la capacità di cambiare ed essere quello che vuole.
Passavano pomeriggi interi sotto l'ombrellone a giocare a canasta. Era un osso duro e non era facile riuscire a batterlo, ma a lei non importava vincere, a lei piaceva giocare con lui per il gusto di stare insieme, di condividere e parlare.
Guarda attentamente la carta, si sofferma sul volto sorridente e sul cappello rosso a cui sono appesi i sonagli, sul dito con il quale indica verso la testa perché il jolly bisogna saperlo usare e per farlo correttamente è importante mettere in moto il pensiero.
Adesso sa come giocare la sua vita con la consapevolezza di essere un jolly.

39.
Le restituisce la chiavetta, quella per prendere il caffè al distributore. Sorride e la mette nella borsa ringraziandolo fra sé e sé perché ancora una volta le ricorda che il senso della vita è un dare e un ricevere incondizionato.

40.
La sua freccetta! Ecco dove l'aveva dimenticata! La sua compagna lo trova emozionato mentre la stringe. *È quella con cui ho iniziato a giocare*, le dice.
Averla ritrovata gli dà una nuova carica, un desiderio assopito di ricominciare a tirare verso un bersaglio reale e immaginario dove ogni colpo ben piazzato possa essere una

vittoria. Risente la sua voce: *nella mia vita ho avuto il dono di capire quando era il momento di lavorare e quando era quello di giocare. A volte coincidevano.*

41.

Per lui era *la signorina che rincorre il tempo*; per lei era *il vecchio che era riuscito a controllare il tempo.* Spesso giocavano su queste definizioni. Lei che guardava in continuazione l'orologio per paura di fare tardi, soprattutto rispetto alla sua tabella di marcia; lui che non aveva neanche un orologio in casa e riusciva ad arrivare al momento giusto, spaccando anche il secondo.

Le aveva restituito il suo orologio, quello che aveva lasciato distrattamente sul lavabo del bagno. Dopo tutti questi anni l'orologio si era fermato alle otto e otto come l'età del suo vecchio amico.

Lo mette al polso ripromettendosi di non cambiare la batteria e di provare a vivere la sua nuova esistenza senza inseguire più le lancette.

42.

Esulta. Mentre sventola la foto al suo amico sempre troppo scettico. *Abbiamo il ricordo del nostro viaggio!*

Sono immortalati mentre si tuffano dallo scoglio nel mare cristallino di Talamone. La donna gira la foto e con sorpresa ci trova una dedica: *le vittorie vere sono quelle che nascono dal superamento delle proprie paure.*

43.

Non poteva che essere un vecchio pacchetto di sigarette, di quelli rubati al padre quando ancora poco più che adolescenti erano convinti che fumare avrebbe fatto innamorare le ragazze. Come aveva potuto conservarlo per così tanto tempo?

44.
Li riconosce subito, anche se sono passati più di dieci anni. Li riconosce perché anche lui nella sua scatola dei ricordi aveva messo i semi aggiusta tutto, ma quello che lo sorprende di più è una boccettina con dentro della polvere gialla.

L'etichetta dice: *polline dei fiori contro le arrabbiature, ricetta del mio amico Ernesto.*

Si chiede se può davvero sanare il suo cuore lacerato dalla rabbia. Stringe la boccetta e lo sente sciogliersi come il ghiaccio sotto i raggi del sole. *Qualsiasi cosa può essere il tuo talismano, basta decidere cosa.* Tutto nasce dalla nostra capacità di creare e crederci.

45.
Non poteva che essere una delle sue macchinine. Quelle macchinine che metteva in ordine maniacale prima di addormentarsi. Quella blu da corsa che sventolava in faccia allo zio dicendogli che da grande avrebbe fatto il pilota di Formula Uno.

Credeva di averla persa, e forse sarebbe andata perduta o buttata, se lo zio non l'avesse conservata nella sua scatola. Gli fa un certo effetto tenerla fra le mani. È come aver trovato se stesso bambino seduto sul ciglio di una strada e averlo ripreso con sé.

46.
Ecco che il professore la sorprende ancora una volta! Stringe il tasto della sua vecchia *Olivetti Lettera 32*, quello perduto quasi una vita fa, quando ancora era studentessa e sognava di insegnare con la paura che il sogno fosse troppo

per lei, semplice figlia di operai.

47.
Una penna a sfera. Lei perdeva sempre le penne e sovente gliene chiedeva una ogni volta che si incontravano. Il suo non era un vizio. Le capitava di dimenticarle poggiate da qualche parte o di finire l'inchiostro per la sua necessità di scrivere tanto.
Ancora adesso scrive pagine intere, per comunicare con i figli, con il marito e spesso con le amiche. Solo che non serve più la penna, basta un cellulare o una tastiera.
Si rigira la penna fra le mani e si dice che è giunto il momento di cominciare a scrivere i propri sogni oppure un romanzo, come più volte le ha suggerito il figlio.

48.
Il Re, quello con il quale aveva perso la sua partita a scacchi. La sua possibilità, quella non presa e che lo ha, nonostante tutto, portato qui oggi.
Forse anche Giacomo quel giorno aveva perso la partita della loro amicizia, ma aveva fatto onore al suo motto: *preferisco dire la verità a un amico rischiando di perderlo che essere ipocrita e stargli accanto solo per asciugargli le lacrime.*
E adesso, mentre tiene fra le mani il Re, sa che non si erano mai perduti.

49.
Un punto interrogativo intarsiato nel legno. Lui era stato l'unico a sostenerla nelle sue domande. Le diceva sempre che le domande sono più importanti delle risposte e ogni volta che avrebbe trovato la risposta, altre cento domande avrebbero affollato la sua mente.

176

Sorride mentre il figlio si avvicina e le chiede: *pensi che lo zio mi possa ancora vedere dal cielo?*

50.
Una foglia di quercia di farnia, quella dell'albero che protrae i suoi rami fino alla sua finestra. Questo era stato il suo dono. Perché le foglie dicono tante cose a chi ha occhi per vedere e orecchie per intendere.

51.
La *Settimana Enigmistica* che gli aveva lasciato al loro ultimo incontro nel centro fisioterapico. La sfoglia e scopre che aveva terminato tutte le definizioni, anche le più astruse e impossibili. Un piccolo appunto nell'ultima pagina: *ci sono persone che nessuna definizione può catalogare. Tu sei una di queste.*

52.
Il libretto della Tosca, quello dell'opera che erano andati a vedere insieme a Caracalla. Loro due soli quando era poco più che una bambina. Era rimasta estasiata dalle voci e dai colori degli abiti, belli e sfarzosi, nonostante il finale tragico. Sul frontespizio c'è un appunto a penna: *imparando ad amarci per primi, ameremo anche gli altri, le tragedie lasciamole alle opere.*

53.
Un binocolo per vedere lontano. Questo è il suo regalo. Quando era piccolo con lo zio facevano lunghe passeggiate nei boschi e portavano spesso il binocolo con il quale spiare animali in movimento: dagli uccelli ai cerbiatti, dalle lepri ai gatti selvatici.
Poi c'era la speranza di incontrare un lupo o un orso. Perché

lo zio sapeva immaginare e non gli diceva mai che lì certi animali era impossibile trovarli.

Forse è per questo che ha saputo credere in lui, che ha lasciato tutto e si è trasferito: perché con gli anni ha imparato a mettere a fuoco con il binocolo interiore.

Solo l'amore rimane sfocato, ma mentre guarda la giovane precaria ha la sensazione di riuscire a mettere a fuoco per la prima volta anche i suoi sentimenti. Si avvicina e la trova immersa in chissà quali ricordi mentre stringe una tazza.

54.

Una foto che ha buttato nel fiume anni addietro e che adesso ritorna fra le sue mani e le dice che certi ricordi non possono e non devono essere dimenticati. Una morsa la prende allo stomaco al pensiero che la stessa immagine che lei aveva lasciato inghiottire dal fiume, lui l'aveva conservata per più di quarant'anni senza sentirla un peso, ma accogliendola come un dolce ricordo. La stringe al cuore e comprende come un semplice gesto possa cambiare l'esistenza.

55.

Il suo libro di poesie, quelle scritte durante la sua adolescenza, nei pomeriggi tediosi vissuti nell'appartamento lugubre e triste che condivideva con la madre. Gliene aveva fatto dono quando si era trasferita da lui, con sua figlia ancora in fasce. *Vorrei che le leggessi.* Gli aveva chiesto. A distanza di così tanti anni le ritrova stampate in un libro, sulla copertina il sole sorge da dietro la montagna. Nella prima pagina una dedica: *nella sofferenza l'anima trova la sua forza per salire fino al cielo.*

56.

Nella scatola rimane un ricordo: un pacchetto di mentine,

di quelle che aiutano ad allontanare il desiderio di accendersi una sigaretta. Gli era stato regalato da un amico al termine del corso per smettere di fumare che avevano frequentato insieme anni addietro perché ormai era certo che non ne avrebbe più avuto bisogno. Il professore, invece, aveva ancora delle perplessità sull'efficacia di aver vinto su un vizio che si portava avanti da più di sessant'anni.

57.
È il mio commiato da tutti voi, da questa vita meravigliosa che mi ha donato molto più di quello che mi ha tolto.
Adesso posso volare più in alto.

RINGRAZIAMENTI

Un grazie di cuore alla mia famiglia che mi ha supportata e sopportata durante la stesura del libro.

A Karen Lojelo e Sara Marucci che hanno avuto la dedizione di aiutarmi nella correzione e hanno saputo consigliarmi al meglio.

A Jasmine Uryas che ha contribuito a rendere migliore questo libro con i suoi suggerimenti.

Ad Alessandro Valeri che, con il suo *occhio di lince*, ha trovato gli ultimi refusi.

A Elena Raimondi e al suo estro per aver saputo donare a Polaroid questa stupenda copertina.

A Catia Capodaglio e alla sua penna perché con il suo dono mi ha ricordato quanto sia importante per me scrivere.

A Caterina Menotti e Sara Masi per la loro disponibilità.

A Marco Dastoli e ai suoi preziosi consigli.

A tutti gli amici che hanno creduto in me, anche quando io non ero convinta perché grazie a tutti voi, sono riuscita ad aprire il cassetto dove i miei personaggi erano in attesa di tornare a vivere.

Ai personaggi di questa storia e al loro scalpitare che mi ha portato a trasformare semplici racconti in qualcosa di più grande.

A tutti voi che avete comprato il libro e vi siete lasciati trasportare dalle parole fino ad arrivare a quest'ultima pagina.

Maria Musitano

INDICE

32964996R00108

Printed in Poland
by Amazon Fulfillment
Poland Sp. z o.o., Wrocław